ガムラン

海輪 有

文芸社

ガムラン

もくじ

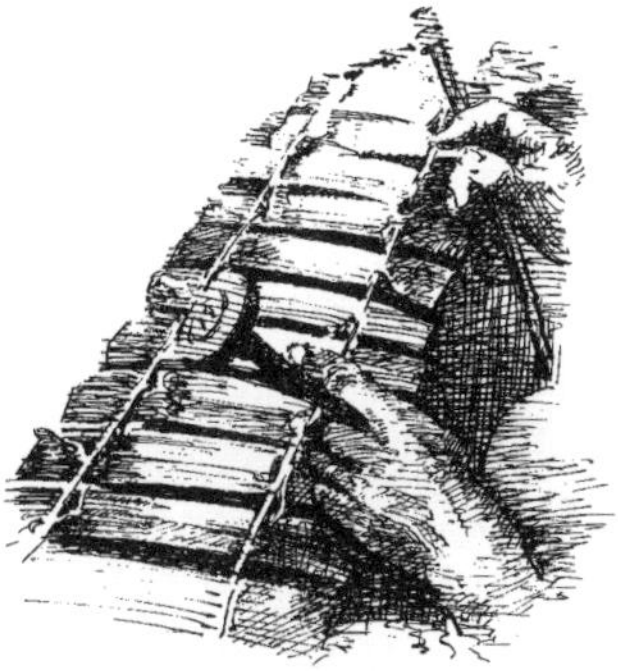

〈本文挿画　長尾祥隆〉

ガムラン

電車

小出由美と出会ったのは、私が大学院の博士課程に進学したときだった。由美は、地方の大学の助手をやめて入学してきたので、私より三歳年上だった。同級生が言うように確かに由美はきれいだったが、私は当時咲子と婚約中で、咲子のために他の女性に関心を向けないでいることなど、何でもないことのように思われた。

何もなければ、何も起こらないはずだった。しかし…

水曜日、私と由美はたまたま最後の授業が同じだった。由美は東上線の沿線に住んでいて、私の学生寮は、由美の降りる駅の三つ手前にあった。帰る方向が同じだったので、自然と同じ電車に乗ることになった。車内での私たちの話題は、由美のいた短期大学の研究教育条件とか、当時話題になっていたカール・ロジャーズの「来談者中心療法」とか、学食の新しいメニューとか、そういう当たり障りのないものばかりであった。

ところが、授業が始まってひと月を過ぎた頃、つまり一緒に帰るようになって三度目か四度目の五月のある日、由美は電車の中で突然こう言いだした。

「ねえ、一度私の家に来ない？　料理作ってあげるよ」

そう言って由美は、小首を傾《かし》げて楽しそうに笑っている。こんなことを言うとどんな反応をするかしら、そんな表情だった。

私は返事に困った。その私に救いの手を差し伸べるかのように、由美はこう言葉を継ぎ足した。

「私、料理作るのが趣味なの。母が結構上手でね、父も鰻を割《さ》いたり、鶏をつぶしたり、母にできないことをマメにするの」

まだ十分に明るい夕刻の窓外を、自転車に乗った少年野球の子どもたちが勢いよく走っている。

「その影響だと思うんだけど、私もいろいろ作るのよ。でも、一人で食べるって寂しいじゃない？　ねえ、どうせ作ったもの余っちゃうんだからさ、一緒に食べようよ」

少年野球の子どもたちは、電車と競争しているようだった。帽子が今にも飛びそうな子がいる。そんなに走っちゃ危ないよ。

やがて子どもたちはどんどん遅れ、見えなくなった。

由美は、私の困惑ぶりなど意に介さぬかのように余裕の笑みを浮かべ、子どもたちのいなくなった春の田園風景を眺めながらこう言った。

「食事だけよ、もちろん。あなたが婚約中だってことは知っているから。安心して。年上女性の誘惑なんてないから」

「でも、今日は無理だよ、今日は寮の電話番だから」

「電話番？　何なの、それ？」

寮の電話番。これはこれで結構楽しい仕事だった。私たちの学生寮には、寮自治会の管理する黒電話が一台あり、外部からの電話を放送で呼び出して取り次いだ。女性からの電話だと「○○さん、お電話です」と「電話」の前に必ず

「お」を付けた。困るのは母親からの電話だった。相手は明らかに女性なのだから、「お電話です」と放送した。すると、呼ばれた当人は全速力で現れた。しかし、電話の相手が「彼女」ではなく、母親だと分かるとがっかりした。しかし声だけは気丈に出し、やがて表情も徐々に立て直すのだった。

「それは傑作ね」と由美は口に手を当てて笑った。短めの濃い髪が、おでこの上でさらさらと揺れた。

「もちろん今日じゃなくて。今日は私だって疲れてるし、それに準備もしてないわ」

「あっ、そうか」

「いつでもいいの。土曜日はどう？　それとも来週がいい？」

土曜日はいつも婚約者の咲子のところだった。

「土曜日はちょっと」

「じゃ、来週の火曜日は？　私は授業、午前中でおしまい。あなたは？」

「来週の火曜日？　午後は休講」

「じゃ、決まり。そうしよう、ね」

そう言って由美は、優しさが全部口元に集まったような柔和な表情を見せた。私はそれに惹かれた。しかし私は、態度を決めかねていた。

すると由美は、

「寮に電話する。寮の電話番号、教えてよ」と言った。


週末、私は咲子のアパートに行った。咲子は私より一歳年下で、都立高校の英語の教員になって二年目だった。

初めて担任になった咲子は、新入生の合宿行事から帰ったばかりで疲れているようだった。

二人で外に食べに出た。「沖縄を返せ」と遠くデモの声が聞こえた。「合宿所の食事で胃も疲れている」と言うので、うどん屋に入った。キツネうどんを半分も食べないうちに、咲子は気持ちが悪いと言いだした。

「ちょっと吐きそう」

人込みの匂いのする外に出た。

「大丈夫？」

咲子はうなずくものの、声を出すことが出来ないようだった。口を半開きにして小刻みにふるえている。

「吐いたら。吐けば楽になるよ」

私はしゃがみ込んでいる咲子の背中を撫でた。

まもなく、咲子はカーデガンの前ボタンをぐっとつかんで、今食べたばかりのうどんを街頭ビラのたまった側溝に吐き出した。

その夜、私たちは早めに床についた。運悪く咲子は生理にもなった。

翌朝、生理でお腹が痛いという咲子を寝かせたまま、私は全寮大会に出席するため寮に帰った。


その夜、私を電話番の放送が「お電話です」と呼んだ。中庭の飛び石を踏みながら私は、由美だったら断ろう、断るのが無難だと決意した。電話に出ると、案の定、由美だった。

しかし、由美の声を聞いた瞬間、決意がぐらついた。

「ねえ、考えた？」

「うん」

思わずそう言っていた。

「ねっ、聞いて。れんこんの蒸しもの作ったのよ。れんこんをすり下ろしてその中に海老と銀杏を入れるの。そしてうどんだし風のあんをかけるの。誰かに試食してほしいよー」

「へえ、凝ったもの作るんだな」

「そう、私はおいしいと思うんだけどな。あなたの出番よー」


受話器を置いて電話番の学生に「どうも」と言うと、「読んで下さい」とガリ版刷りのビラを渡された。ビラには「沖縄の全面返還実現」「寮食堂の炊事婦さん削減反対」という二つのスローガンが躍っていた。午前中行われた全寮大会での決議事項だった。

何か持っていった方がいいかな。しかしやめよう。単に試食に行くのだ。試食、試食。

そう自分自身に言い聞かせながら部屋に戻り、銭湯に行く支度をした。五月とはいえ、夜は冷えた。同室の、卒論を書いている文学部の学生が大きく咳払いをした。その咳払いで、私はひょっとしたら口笛を吹いていたのかもしれないと思った。

桑畑

「まだ寒い日があるでしょう。だからこたつが出したままになっているのよ」

アパートまでの道すがら、由美は私に何度かそう言った。由美は大学へはたいてい膝上五センチくらいの短いスカートで現れた。すらりと伸びた足がきれいだった。しかしこの日は、Ｇパンの下に隠れていた。

部屋に入ると、こたつ布団の真っ赤なカバーが目に飛び込んできた。

「ここに座って」

柱を背に座り、ぐるっと部屋を眺めると、冷蔵庫が目についた。

「冷蔵庫持ってるんだ」

当時、下宿先に冷蔵庫を持っている学生は滅多にいなかった。由美は裕福なのだろうか。

部屋は六畳で、それに小さな板間の台所が付いていた。

書棚には、心理学の本と共に色とりどりの料理の本がたくさん並んでいた。

やがて、目の前にきれいに料理が並んだ。

由美はビールの栓を抜き、私のグラスになみなみとビールを注いだ。私も由美のグラスにビールを注いだ。

「ちょっと料理の説明してよ」一杯目のビールを飲み干した私は、目の前の料理に箸をつける前にそう言った。

「まずこれは、ターンジュン」

鯛の塩焼きだった。

「駅前に魚善ていう大きな魚屋さんがあったでしょ。私がここでよく買うって言った。あそこで買ったの。一切れ七十円。安いでしょ。それからこれも、ターンジュン。筍と厚揚げの煮物。私ね、筍好きなの。あなたは？」

「好きだよ」

「まだお鍋にいっぱいあるから食べてね。それから、これはトマトと小松菜のサラダ。小松菜って栄養あるのよ」

白い平皿に、薄く切ったトマトと茹でた小松菜が、色鮮やかに左右に分かれてのっていた。確かに単純な料理だが、赤と緑の好対照に私は目を見張った。

「それからこれはイカの木の芽あえ」

きれいな薄緑色だった。

「山椒の香りっていかにも春って感じがするでしょ。そして、これが電話で話したれんこんの蒸しもの」

なるほど、つみれを大きくしたようなものにゆるいあんがかかっている。私は箸をのばした。口に入れるとサクッとした歯ごたえがあり、中から海老と銀杏がコロッと出てきた。あんのだしとれんこんの甘みと海老の風味が混ざって実においしい。

「おいしい。どこでこの料理覚えたの？」

「バイト先」

「バイトやってるんだ」急に親しみが湧いた。

「もちろんよ。家庭教師を二つもやってるわ。二つとも中学生の女の子で夕食付きなの。一つはカメラ屋さんなんだけど、奥さん、料理が下手なのよ。もう一つはサラリーマンなんだけど、こちらは料理が上手なの。これはその料理の上手な奥さんに教わったのよ」

私は、ビールを飲みながら由美の作ったものを端から食べていった。どれもおいしかった。「おいしい、どれもおいしい」と言うと、由美はうれしそうに笑った。

私は積極的にしゃべった。

「さっきのバイト先の料理の味の違いなんだけどね。どうしてそうなるのかな?」

由美は黙って考えている。

私は思いつきでこう言った。

「インスタントだからじゃないか」

「違う」毅然とした言い方だった。

「違うの。サラリーマンの家の方だって、インスタントを使ってるの」

「そう」

「例えばカレーだけどね、カメラ屋さんのは味が薄いのよ。水っぽいの。私ね、奥さん、水の量ちゃんと量《はか》ってないと思うのよ。カレーがね、ご飯の中に沈んじゃうの」

「そりゃ、ひどいね」

「でもね、それを家族はおいしいって食べるのよ」

私も東京に出てきて、そばのまずさに驚いた。特に駅の立ち食いそばのまずさといったらなかった。それを黙々と食べている東京人を見て更に驚いた。まずい料理は食べる側が作る。そんなことを言った。

「そうなのよねー」

由美は感心したように言った。

時間も過ぎて料理もほぼ食べ尽くした頃、

「そうだ、ウイスキーどう？　それとも、もうお茶がいい？」と由美が言った。

「せっかくだから、ウイスキー、水割りで一杯もらおうか」

「あーん、私ウイスキーもっと早くすすめればよかった。せっかく買ったのに忘れてたわ」

由美は勢いよく立って、台所でウイスキーの水割りを作り、「どうぞ」と私の前に置いて、空になった食器を下げ始めた。

「いつもそういう言葉遣いするの?」

「うん?」

「だから、ターンジュンとかさ、あーんとかさ…甘えたような」

「そう? そんな風に言ってた?」

「うん」

「ふーん」

「小出さん、ウィスキーは?」

「私はいい。なんか苦手で」

水割りを飲み干した私は、後ろの壁によりかかった。

「ゴロンと横になってもいいよ」

酔った私は、ゴロンと寝転がり天井を見た。幸せな気分だった。咲子の部屋でもこうしてよく天井を見る。そして幸せな気分になる。しかし、今の気分はこれまで味わったことのないものだった。

咲子の部屋には台所はなかった。ガスコンロは廊下で共同だし、冷蔵庫も持っていなかった。だから私たちは部屋でおいしいものを作ることはあきらめ、外から買って帰った。おでんや餃子や唐揚げなどの出来上がった総菜を。

それにしても、どうして由美は私を呼んだのだろう。一人で食べるのが寂しいと言っていたが、それは私でなければならないということではない。それが知りたかった。しかし、それを聞いてどうなるものか。

「お茶をどうぞ」

由美も座ってお茶を飲んだ。

「あなたの結婚する人ってどういう人？」

「大学時代の後輩。いま、高校の先生している」

「いつ婚約したの？」

「去年の秋」

「早いね、結婚するの」

「うん。でも早いやつはもっと早いよ。遅いのは就職してからだからうんと遅くなるけど。大体この世界じゃ二極分化の傾向だよね」

「今、いくつ？」

「二十四」

「若ーい」

由美はそう言って後ろに手をついた。

お茶を飲み終えた私は立ち上がり、壁に掛けてあった上着を取ってカーテンの隙間から外を眺めた。来るときは中をくぐるような感じだった桑畑が、月の光を受けて眼下に広がっていた。

「帰るね」と私は言った。

思ったより外は冷えた。道の両側に桑畑が迫っていた。新芽を出したばかりでまだ枝の色が勝っていた。

「私も結婚するの」

「えっ」

「びっくりした?」

「うん。誰と?」

「藤田俊男って人」

「知ってる。比較心理学の」

藤田氏は、ネズミを使った実験では第一人者であった。アメリカに留学し、昨年の京都の学会でも比較心理部会の提案者として活躍していた。大阪の私立大学の助教授だった。

「大学の先輩なの」

私の疑問を先取りするように由美は言った。

「でも、大阪でしょ?」

「来年、東京の大学に移ってくるの。そしたら結婚するの」

そういうことか、何かが分かり始めた。

「結構年上でしょ?」

「十歳上」

十歳も年が違ってどうして知り合ったのか聞きたい気もしたが、どうでもいい気もしてきた。

さっき分かったことが言葉になった。

「そうか、だから小出さんは短大の助手をやめてこっちへ来たんだ」

「それは違うの。東京という場所を選んだことには彼の希望が入っているけど、ドクターを受けたのは私の意志なの。私、短大の助手では駄目だと思ったの。すべてが中途半端に終わると思ったの。だからお金を貯めてドクターに入って以前手がけていたカウンセリングの研究を続けて、もっと力をつけて研究者として自立したいと思ったの。それでね…」

由美はもっとたくさんのことをしゃべった。その中には例えば、心理学研究への抱負や就職するために必要とされる業績の質や量といった、友達なら一議論二議論受けて立つのが当然と思われるものが含まれていた。しかし、もはや私は、そうした議論を受けとめるだけの広い心を持っていなかった。

「なんだ、小出さんも決まった人がいるんじゃないか」

率直な、しかしつまらない一言が口をついて出た。

「そうなんだけどー」

そのまま由美は黙った。


商店街に入ってあたりが明るくなると、由美は、この店は閉店近くなると値を下げるとか、この店のチーズケーキはおいしいとか、今日の花はここで買ったのよ、気がついた？　とか、話し始めた。私はその横顔を美しいと思った。しかし一方で私は白けていた。

駅に着いてしまった。

夕方開いていた、クリーム色の板壁の小さな喫茶店は、もう閉まっていた。

惹かれた気持ちと白けた気持ちとが半々のまま、私は由美と別れた。

バンドン

それから十八年の歳月が流れた。

私は、高三になる息子と東シナ海の上空にいた。人生にハプニングなどそうそうありはしない。私は予定通り咲子と結婚し、二人の子の父親になっていた。

私たちがジャカルタの国際空港に着いたのは、三月中旬のことだった。

日本から飛行機で七時間。赤道を越えて着いた空港の風は熱かった。見たことのない南国の木々が熱い風を受けてなびいていた。

空港にはデュアンという名の中国系インドネシア人の通訳が迎えに来ていた。

車で街に入った。褐色の人々の群れる街には、バナナを焼いたような甘い匂い、焼き鳥の香り、車の出す排気ガスの悪臭が充満していた。とうとうここまで来たのだ、そんな思いが胸をよぎった。

息子は北海道で行われたインターハイ・バドミントン競技の準決勝で敗れた

とき、インドネシアに行きたいと言い出した。驚いた咲子がわけを問いただすと、中途半端は嫌だ、徹底的に強くなりたい、そのためには世界のトップレベルに触れる必要がある、今世界のトップはインドネシアだと言ったのである。私たちはその願いをかなえようと思った。その結果、いくつかの大学からのスポーツ推薦入学の誘いを断った。

着いたその日は、デュアンの取り計らいでホテルの近くのクラブを見学した。インドネシアのバドミントンのレベルの高さは想像を絶するものがあった。驚いたのは小学生の多さだった。どこのクラブに行っても圧倒的に小学生が多かった。私は最初それはクラブの低年齢グループなのかと思ったが、違った。それがクラブの中心メンバーだった。息子ほどの年の子は数えるほどしかいなかった。

翌日、対戦を予約してあった二つのクラブを訪れた。成績次第で入部を許可されることになっていた。一つ目は、北部の中華タウンの近くのクラブで、道路に洗濯物や薄い寝具が所狭しと干してあるゴミゴミした所にあった。バナナを焼く甘い匂いやドブの悪臭が絶えず鼻をついた。

トタン屋根の体育館の中はうだるような暑さだった。立っているだけで体中をだらだらと汗が流れた。コートは、薄汚れたコンクリートの上に、硬い木を張り付けただけのものだった。

腹の出たランニングシャツ一枚の監督が、鼻毛を抜きながら私の差し出した日本バドミントン協会の紹介状に目を通した。そして、息子を、彼の胸くらいの背丈の十四歳の少年と対戦させた。栗色の髪の毛をした、目の窪んだ足の細い子で、強そうには見えなかった。簡単に勝てるかと思ったが、試合はイーブンに進んだ。息子はバケツの水をかぶったように汗まみれになり苦戦していた。相手の少年も汗をかいたが、コート上にポタポタと落ちることはなかった。次第に息子の足下には汗の水たまりができ、その汗で何度も足をすくわれるようになった。結局息子は大差で敗れ、「これではクラブの足を引っ張る」と断られた。

デュアンは、あの子にはもういくつかの企業のスポンサーがついていて、将来はインドネシアチャンピオンと目されている、だからがっかりしてはいけないという意味のことを私にしきりとしゃべった。バドミントンはインドネシアの国技だった。そう言えば、町のあちこちにバドミントンコートがあった。タクシーの運転手が待機している場所とか、織物工場の裏手とか、そういった屋外に。

翌日訪れたクラブでも、息子は敗れた。そのクラブは、かつての世界チャンピオンのクラブで、日本にも来たことがあるというその男は大統領からプレゼントされた牧場を経営しており、運転手を二人、使用人を三人抱える豪邸に住んでいた。しかし、豪邸横の体育館はみすぼらしかった。デュアンに言わせると、豪華な体育館からは強い選手は生まれない、ハングリーこそスポーツのすべてなのだということだった。私は、貧しかった頃の日本の大相撲力士を思い出した。

翌日、いらだつ息子をなだめながら、メルパティという小さな国内航空機に乗りバンドンに向かった。バンドンはジャカルタより約百五十キロ離れた南東に位置した。

バンドンは最後の砦だった。悲鳴が出るような怖いプロペラ機だったが、三十分ほどでバンドンに着いた。

バンドンはジャカルタと違って高原都市なので涼しかった。デュアンに聞くと、海抜は約七百メートルあるため気温は二十八度前後で、三十度を超えることは滅多にないという。これなら多少日本に近い気候だから息子には有利かもしれないと私は思った。

空港からタクシーに乗って、イ・シュワット・バドミントンクラブに向かった。バンドンの緑の多さもうれしかった。ジャカルタでは都市発展の妨げになるからと閉め出されたベチャという人力車が、バンドンではたくさん走っていた。緑の中を走る色とりどりのベチャに何かホッとするものを私は感じた。

タクシーから降りると、目の前にインドネシア語で赤くＢＵＬＵＴＡＮＧＫ

ＩＳ（バドミントン）と書かれた薄緑色の壁の小さな体育館が見えた。体育館の周りには赤いハイビスカスが咲き乱れていた。息子は疲れているらしく押し黙っていた。

外見は立派だったが、中はやはりお粗末でほこりの匂いがした。ここもコンクリートの床に硬い木を張り付けただけのコートで、あちこち木の表面が剝げていた。

イ・シュワットは、肌が浅黒くて背の高い男だった。国際試合を経験しているせいか、少し英語が話せた。概してインドネシア人は英語が出来ない。ジャカルタの大きなホテルでも英語の話せるホテルマンは一つのホテルに一人いるかどうかだった。

イ・シュワットは、通訳のデュアンに頼らず積極的に英語で息子に話しかけてきた。笑うと白い歯がこぼれる愛想のいい男だった。彼は、いきなり息子に向かって言った。

「I want to look your play」

息子は黙って着替え、入念にウォーミング・アップを始めた。対戦相手は、やはり息子より二、三歳年下の少年だった。顔が小さく頭が天然パーマで、赤い短パンをはいていた。中国系なのか、色は白かった。

何分かシャトルを打ち合った後、試合が始まった。相手の少年は英語のワン・ツー・スリーが言えなかった。息子が「ワン・スリー」と英語でカウントを言うと、相手の少年は「サトゥ・ティガ」とインドネシア語で言った。ジャカルタではそんなことはなかった。どの子も得点は英語で発音できた。この少年は学校に行っていないのかもしれないと私は思った。それで私は、デュアンに通訳するように頼んだ。すると息子が、「必要ない」とピシャリと言った。第一、気が散るし、言葉は通じなくても二人はちゃんと得点を分かっていると言うのだ。なるほど、そうかもしれない。私は納得し、デュアンは元の位置に戻った。

試合は、シーソーゲームだった。サービスオーバーの多い（得点の入らない）長い試合で、息子のウエアーから汗が滝のようにしたたり落ちた。

相手の少年も汗をかいていた。時々それを手で拭ってコートの外に捨てた。短パンのお尻の部分が濡れて変色していた。苦しいのか、時々、天を仰いだり腰に手を当て下を向いたりした。

息子はセットの合間にウエアーを着替えたが、相手の少年はまったく着替えなかった。なかなかスコアが進まなかった。勝ってくれ、私は祈った。ここで勝たなければ、お前が中学のときから努力してきたことが実を結ばない。

祈る思いで私は試合を見続けた。

試合が終わった。二対一で息子の勝ちだった。終わった瞬間、二人ともコートにしゃがみ込んでしまった。二人がコート中央のネットの下で握手をしている時、腕時計を見たら正午を過ぎていた。なんと二時間が経過していた。

「Good!」

イ・シュワットが息子の肩をつかんでインドネシア語で何か話しかけた。息子は首を左右に振り、分からないよと笑っている。息子の顔がほっとしていた。私もほっとした。イ・シュワットが笑いながら息子と同じポーズをして、デュアンを呼んだ。なかなかサービス精神豊かな男だ。彼はデュアンに向かって何かまくし立てた。メモを取ったデュアンが私を手招きし、コートの上で息子と私に通訳した。

「動きはいい。しかしインドネシア人に比べると手首の力が弱い。バドミントンは手首が大切だ。ウエート・トレーニングをして手首を鍛える必要がある。途中で日本に帰りたいと言わないか。言わないなら入れてやる。ここできちんとやれば世界チャンピオンになれる」

息子は、ここで頑張るから入部させてほしいと言った。デュアンが切れ長の目でウインクしてにっこり笑い、イ・シュワットに通訳した。

安心した私は、トイレに行った。試合が気になってずっと我慢していたのだ。トイレは、体育館の北側の隅にあった。ドアを開けると円形の便器が目に入った。そばに水瓶があり、ひしゃくが浮いていた。紙は置いてなかった。典型的なインドネシア式のトイレだ。用を足したらひしゃくで水をすくって左手で肛門を洗うのだ。入部が決まったのはうれしかったが、同時に息子の苦労を思った。私は単なる旅人だが、息子はこんなところで生活するのだ。

　それからイ・シュワットの家に行き、二年間の契約をしてお金の一部を支払った。イ・シュワットは、体育館の隣の平屋建ての広い家に若い夫人と二人の子どもと暮らしていた。部屋は五つあり、私たちが通された応接間のような部屋は床が大理石でできていた。デュアンを通じて、さっき息子と対戦した少年はどの程度の選手かと聞いたら、使用人だという。去年まで一流選手を目指してやってきたのだが、ジャカルタで海老の養殖をしていた父親が大怪我をして金が払えなくなってしまった。本人は学校にも行かずにバドミントンに賭けてやってきたので、しょうがなく使用人として働いてもらっているのだと言う。じゃ、バドミントンはと聞くと、少しはさせているとのことだった。私は何かだまされたような気分になり、息子も傷ついていまいかと心配になった。

「そんな相手との対戦で大丈夫なのか？　息子の力が分かるのか？　息子は見込みがあるのか？」

「大丈夫。アルセロは強い。西ジャワで三位になったことがある」

アルセロというのが少年の名だった。

「それはいつのことか?」

「二年前だ。ジュニアで西ジャワの三位は将来のオリンピック候補だ」

「今はやっていないのか?」

「今は出来ない。使用人の仕事が先だ」

　アルセロがさっきのバドミントンウエアーのまま、電気掃除機で部屋の掃除をしたり、庭の草を抜いたりしていた。息子がその様子をずっと見ていた。息子は新しいTシャツに着替えていた。


　夕方、バンドンのホテルから咲子に電話を入れた。

「イ・シュワットは責任を持って輝を鍛えると言っているよ。心配ない。彼のところで練習すれば必ず強くなるよ」

「いくつくらいの人?」

「四十五と言っていた。でも若々しいよ。贅肉がない」

「輝はどう？　やる気になってるの？」

やる気、実はそれが問題だった。二時頃、イ・シュワットの家を出て、遅い昼食を食べにクイーンという中華料理店に入った。息子は、チャーシュウメンを頼んだものの、あまり手をつけず、ジュースばかりを飲んだ。いつも試合のあとは食べられないのだと言う。それは知っていた。しかしそれにしてもいつもはもう少しは食べる。食べるし、陽気になる。ところがそのときは様子が違った。やがて「くそう、全然調子出ねえよ」と愚痴り始めた。勝ったじゃないかと言うと、調子が良ければあんなやつストレートで勝てたと言う。確かにスコア的には辛勝だから本人が素直に喜べないのも無理はない。スポーツ選手なら誰でも嘆くところだろうと軽く受け流していたら、これがそうではなかった。息子の愚痴はホテルの部屋まで続いた。調子が悪いとか、肩が痛いとか、弱いやつに当てられたとか、実にスポーツマンらしくないことを言った。シャワーを浴びた私は、とにかく入部できたんだからいいじゃないか、いつまでも済んだことをぐちぐち言ってるんじゃないと叱った。それで息子は黙った。

私は、息子に聞かせるつもりで咲子に言った。

「ちょっと疲れているけどね、もうこれしかないから、進む道は。やるしかないんじゃないの」

翌日、デュアンの紹介でクラブの近くに息子の住む家を決め、三ヶ月分の家賃を前払いした。掃除や洗濯など身の回りの世話をしてもらう人も必要だろうと、デュアンの勧めで近所のおばちゃんを通いの使用人として月五千円で雇うことにした。日本円はここではもの凄い強さだ。そして、昼過ぎにバンドンを後にした。

バリ

私と息子は、バリ島に向かった。せっかくインドネシアまで行くのだからバリ島観光もしようと、日本であらかじめそう決めて飛行機やホテルの予約がしてあったのだ。

一泊二日のバリ島観光。これが私たちのインドネシア旅行の最後の日程だった。

バンドンから国内線に乗り、途中ジョグ・ジャカルタで乗り換え、バリのデンパサールに午後三時頃に着いた。抜けるような青空だった。ハイビスカスやブーゲンビリアが咲き乱れ、なるほど地上の楽園と呼ばれるだけのことはあると思った。

バリのホテルは、ヴィラといって一室一室が独立した造りだった。ポーターに導かれて私たちは海に近いヴィラに案内された。小さな別荘という雰囲気だった。

息子は部屋に入るなり海水パンツとゴーグルを取り出し、「行ってくる」と言ってビーチに出かけた。私は一人部屋に残り、大きなベッドにゴロリと横になった。ジャカルタとバンドンの四日間にわたるクラブ訪問を思い出した。

肉体的にも精神的にもきつい日程だった。それでもなんとか、イ・シュワットクラブに入部が決まったが、彼の要求した金額は思ったより高額だった。ぼられた、という感じがする。しかし仕方あるまい。インドネシア語のしゃべれない息子をあずけるのだから。前金として三分の一を支払い、残額は今度息子に持たせることにした。経済情勢が不安定なのだろう。彼はアメリカドルで欲しがった。それに家賃の前払いをしたら、日本を出るとき持っていたお金はほとんどなくなってしまった。

私は、ベッドから起き上がり冷蔵庫を開けた。冷蔵庫にはインドネシアのビールと共にバドワイザーが冷えていた。インドネシアのビールはジャカルタでもバンドンでもあまり冷えていなかった。ここのは冷えているようだったが、私はバドワイザーを選び一気に流し込んだ。胃がきゅっと縮まって、やがて熱くなった。二本目は、テラスの椅子に座って、珍しい木々を眺めながらゆっくり飲んだ。突然、タバコが吸いたくなった。しかし、タバコは息子が誕生したときにやめた。もう十七年間吸っていない。

部屋にタバコはなかった。実際吸う気もない。私はタバコを持つ真似をして吸ったふりをしてみた。ゆったりとしてみたかったのだ。左手を唇に当て、大きく息を吸い肺に煙をたっぷり吸い込む真似をした。そして、唇から手を離しゆっくりと煙を吐く。ゆっくりと。そして、また吸い込む。疲れた気持ちが煙とともにどこかに飛んでいくようだった。

気の済んだ私はトイレに立ち、大きくドアを開け放ったまま放尿した。そして、ベッドに仰向けになり、そのまま眠った。

目覚めたら、朝から着ていた白いTシャツが夕焼けに赤く染まっていた。ヴィラを出て中庭を歩いた。ジャカルタやバンドンと違って高い建物は一つもなく、ほとんどが平屋建てだった。椰子の木の向こうにヒンズー教の遺跡が見えた。バリは昔のヒンズー文化を残している数少ない地域の一つである。高い建物がないのは、椰子の木より高いところは神の領域と考えられているためであった。

すべてがゆったりとした光景だった。中庭の青いプールを取り囲むようにプルメリアの木が立ち並び白い花を咲かせていた。なま暖かい風が、その甘い香りを運んだ。かすかに波の音が聞こえる。頭に白いターバンを巻き付けて茶色い幾何学模様のスカートをはいたホテルマンが、椰子の木の下で果物を切り売りしていた。私が近寄ると、微笑みながら何か話しかけてきたが、さっぱり意味が分からなかった。私は孤独であることに気がついた。

広大な敷地だった。その中に三十ほどのヴィラが贅沢に配置されていた。私は急に海沿いの町が見たくなり、ホテルの外に出てみようとフロントに向かった。バリの町並みはアメリカ的だとデュアンが言っていたのを思い出したからだ。

フロント前のロビーには、鬼とも獅子ともつかない色鮮やかな面が飾ってあった。ちょうど若い日本人男女の一団がチェック・インするところだった。急ぐ理由もない私は、ソファーに座ってその集団のチェック・インが終わるのを待つことにした。

一行は学生のようだった。職業柄、私にはそれが分かった。その立ち方、しゃべり方、笑う様《さま》、ファッション。

その中に、明らかに学生とは年格好の違う二人の女性がいた。一人は、外見から旅行会社の人間であるように思われた。もう一人の女性は引率教員らしく白いポロシャツに紺色のキュロットスカートをはいていた。二人とも長旅で疲れているらしく、無言で立っていた。

最初は、世の中にはよく似た女性がいるものだと感心して見ていた。しかし、その女性がカウンターからキーを取ってこちらに向かって歩き出したとき、あっ由美だ、由美に違いないと思った。それはやがて確信に変わり、私は思わず腰を上げた。そして近づいた。気が付いたら正面に立っていた。目があった。由美の目が大きく見開かれ、閉じられていた口が急に動いた。

「ねえ、どうして？　どうしてここにいるの？」

十年くらい前。仙台の心理学会で私は遠くから由美の姿を見かけたので、夜の懇親会で会えるかと期待して待ったが、由美は現れなかった。そのころ私は、北関東にある小さな短期大学の教員になっていた。由美が都内の有名な音大の教員であることは知っていた。

昔よりやや痩せた感じがしたが、優しげな口元の表情やしっかりした黒い髪はそのままだった。でも、何かが違った。が、それが何かはすぐにはつかめなかった。

私は答えた。

「息子がね、インドネシアに留学するんだよ。それで下見に来たんだ」

「息子さん、もう大学生?」

「そう」

「そんなになるのね」

「十七歳」

「そう。じゃあ、日本の大学で勉強しないの?」

「そうなんだ」

「ねえ、インドネシアに何の留学?」

「バドミントン」

「バドミントン?」

由美はさっぱり分からないという表情をした。

それはそうだろう。野球やサッカーならともかく、バドミントンの留学なんて聞いたこともないというのが正直なところだろう。

私は、何故バドミントンでインドネシアなのかを説明した。私が説明している間中、由美はずっと微笑みながら懐かしそうに私の顔のあちこちを眺めた。懐かしい笑顔だった。

「なるほどね。サッカーのカズがブラジル留学をしたそのバドミントン版ね」

由美はうまい言い方をした。そして続けた。

「生きてるとこんないいこともあるのね」

「ほんと、こんな偶然…」

「ねえ、今、息子さんは？」

「海で遊んでる」

「このホテルに泊まってるの？」

「そうだよ」

「私たちは今着いたところなの。私たちはね…」

由美の一団は、M音楽大学の民族音楽研究会のメンバーだった。民族音楽研究会といっても各国の民族音楽をあれこれ演奏するのではなく、もっぱらインドネシアのガムランの演奏に取り組んでいるのだった。前任の顧問を由美が引きつぎ今年で三年目になった。今年は十八人のメンバーがこの現地演奏旅行に参加している。バリに四日間、ジャワに三日間滞在する予定である。

時間を気にしながら、由美はそのようなことを手短に話した。

「あれがその楽器なの」

指さす方に、赤い絨毯のようなものが敷かれていて、その上に極彩色の楽器が整然と並べられていた。そういえばジャカルタのホテルでも同じものを見かけた。あれがガムランという楽器だったのか。

「聞いたことある？　ガムランの演奏」

「ない」

「ねえ、聞いてみない？　今夜ここでこちらのプロも演奏するし、うちの学生も演奏するから」

「何時から？」

「八時からよ」

時計を見ると、六時を少し回ったところだった。

「息子さんも一緒に、どう？」

「分かった。聞いてみるよ」

由美は、これから最初の大事なミーティングがあるという。それで私たちは、八時にロビーでの再会を約束して別れた。


海から戻った息子とホテルの近くのオープンテラスになっているシーフードレストランで食事をした。なるほどデュアンの言うとおり、町は英語の看板がやたらと多く、あたかもアメリカのリゾート地のようだった。日本人観光客の数も多い。

二時間ほど遊んだだけなのに、息子は真っ黒に日焼けしていた。それによく食べる。ステーキとロブスターのセットがみるみるなくなっていく。パンとサラダとジュースを追加注文した。

「海はどうだった?」

「面白かったよ」

「何して遊んでた?」

「波乗り。レンタルのサーフボード借りてずっとやってた。すげえ面白かったよ」

「貸してくれるところがあったのか?」

「いっぱいあったよ。若い奴らがやっていて、僕は英語で交渉したんだ」

「なんて言って?」

「チープ、チープって値切ったよ」

「それでいくらになったんだ?」

「三時間で、一万ルピア。五百円だよ」

「それは、安い」

インド洋に沈む夕日が壮観だった。しばらく二人で夕日を眺めた。食事が終わってコーヒーが運ばれたところで、ゆっくり由美の話をした。父さんの大学院の同級生に偶然会った。父さんにとっては懐かしい。今、大学でガムランの研究会の顧問をしていて、インドネシアに演奏旅行に来ている。今夜のホテルでのガムランの演奏に誘われた。お前も行かないか。冷静に、しかしある程度熱っぽく語った。

「えーっ、どうしても行かなきゃ駄目？」と息子は、眠そうな顔をしている。

「僕、もうここで眠ってしまいそうなほど眠いんだけど」

ヴィラに戻った息子は、シャワーを浴びるとコトンと寝てしまった。私は、白いポロシャツに着替え、暗くなっていく庭を眺めながら八時になるのを待った。

赤い花を点々とつけた低木のハイビスカスが並ぶ廊下を歩いていくと、ロビーが近づくにつれチャカチャカというジャズのような小気味よい音が聞こえてきた。ガムランの演奏がすでに始まっているらしかった。歩みを進めると音の種類が増した。やがて弦楽多重奏のような緩やかで堂々とした旋律が廊下に響き渡った。当初のジャズのような軽い感じからオーケストラのような重厚な音楽に変身した。私は、思わず歩を緩め聴き入った。これがガムランなのか。

廊下を曲がると、照明の下に極彩色の楽器が広がっていた。その横で、青い花柄模様のワンピース姿の由美が笑顔で待っていた。すらっとしたスタイルが周囲から浮き出ていた。

「息子さんは？」

「海で遊び疲れてもう寝ちゃったよ」

「そう、それは残念ね」

青い服にシルバーのイヤリングが似合っていた。先程の服装より痩せて見えた。

演奏家たちは、赤と金のツートンカラーの頭巾のようなものを被り、ピンクのジャケットと青いスカートを身につけていた。由美の説明によると、中心になっているのはガンサという木琴のような形をした青銅の楽器で、両端に獅子の顔の彫刻を施した金色の台の上に鎮座していた。ガンサは大小合わせて八個くらいあり、尖った木槌のようなばちで叩くと高いきれいな音がした。その後ろには、ガンサを大きくしたようなジェゴガンという楽器があり、先端が饅頭のような形をした柔らかそうなばちが低い柔らかな音を出した。更にその後ろに、レヨンという鍋のような形をした楽器がずらっと並んでいた。糸を巻き付けた棒で叩くのだが、叩く場所によって音がまったく違った。鍋蓋のつまみの部分からはポロンポロンとハープのような甘い音が出た。最後尾に大きな銅鑼が三つほどつり下げられていて、それらが発する重低音は独特のうねりとなって腹まで響いた。こうした音が合わさって重厚な音楽を作り出していた。

廊下で聞こえたチャカチャカという小気味よい音は、チェン=チェンという楽器とクンダンという太鼓のせいだった。チェン=チェンは、木製の亀の背中に乗っている五枚ほどの手のひら大のシンバルを、演奏者が両手にはめたシンバルで上から激しく叩く楽器で、実に小気味よい音を出した。この音でガムラン全体が活気づき勇ましくなる。どこか日本の祭り囃子の音に似ていた。クンダンは、両面太鼓で、演奏者が両手で挟むようにして持ち、素手で叩いたり、ばちを使って叩いたりした。その響きは、どこかアンデスの音楽を思わせた。スリンという竹笛もあった。竹笛が入ると途端にもの悲しくなった。

先ほどから鋭い甘い香りが漂って気になっていたので、これは何かと由美に聞くと、ガラムというバリのタバコの匂いだと教えてくれた。

やがて、バリの民族衣装を身につけたM音楽大学の学生の演奏が始まった。代表の男子学生が「スラマ、マラム」とインドネシア語で挨拶をするとあちこちで拍手が起きた。

一曲目を演奏し始めた。明るく軽快な曲だった。

「ウジャン・マスっていう曲よ。金の雨っていう意味」と由美が言った。

二曲目は、一九七〇年代に作られた「プスパレスティ」という舞踏曲だった。

チェン＝チェンという楽器が入ると行進曲風になる。学生たちが赤い絨毯に乗って今にも舞い上がりそうだった。

三曲目は、「ガボール」という踊りの曲だった。この曲は、それぞれの楽器の特色がよく出る曲で、私はあらためて一つ一つの楽器の音色を確認した。

四曲目は、「鎮魂の響き」というレクイエムだった。それまでのとは打って変わって、実に静かな曲だった。

「いい音だね」私は言った。

「そうでしょ。星が降るような曲でしょ。私ね、この曲と初めて出会ったとき、ああ元気になるなって思ったの。それからずっとファン」

再び、現地のプロの演奏家たちの演奏になり、今度はそれに、あでやかな民族衣装に身を包んだ少女たちの踊りが加わった。

二時間ほどで演奏会が終わり、学生たちはミーティングに入った。由美は何か熱心に語っていた。

それが終わると、私たちはホテルの地下のバーに入った。焦茶色の木のカウンターに座り、ビンタンというインドネシアビールで乾杯した。

「小出さんのアパートで料理をご馳走になったとき以来だな。こうやってビール飲むの」そう私は言った。

「覚えてるのね」

「覚えてるよ。あたりまえじゃないか。小出さんの、いや藤田さんの料理、おいしかったもの」

「そう?　だってもうずいぶん昔のことよ」

「鯛の塩焼きと筍の煮物と小松菜とトマトのサラダ、それにイカの木の芽あえ」

「すごーい、よく覚えてる」口調が変わらなかった。

「あとね、なんか蒸したもの。海老の入っている」

「そう、れんこんをすりおろしたのに海老と銀杏を入れたの」

「バイト先で教わったという」

「そう」

「料理の上手なバイト先と下手なバイト先とがあって」

「そう」

「上手な方で教わったという」

「そうそう、すごーい」

　あの時の情景が蘇った。赤いこたつカバー。白い冷蔵庫。桑畑。

「今更聞いてもしょうがないことだけど、あの時、どうして僕を呼んだの？」

「まっ、思い出作りってとこかな。あなた、結婚するって知っていたし、私も婚約していたから、どうにもならない仲だけど、一回くらいデートしたかった」

「そうか、ずっと気になっていた」

「それ以外ないでしょ。私、あなたのこと好きだったから」

　きっと私は、あの時その言葉を待っていたのだ。

「まだ独身だからいいかなんて思った。あなた、迷惑そうだったけど」

「結構動揺したよ」

　それから私たちはしばらく仕事の話をした。週に何コマ持っているとか、研究テーマは何であるとか。

その話が尽きた頃、私はもう一つの聞きたかったことに触れた。

「なんで、ガムランに惹かれたの？」

「聞きたい？　ちょっと話すのしんどいんだけどね。まっいいか。あなただから。四年前にね、たまたま音大の演奏会で聞いたの。そしたら、ああ、癒されるなって思ったの。私、そのちょっと前に子どもを亡くしたのよ」

「子どもを亡くした？」

「交通事故。飛び出したのよ、家の前の道路に」

「いくつだったの？」

「五歳」

「私ね、危ないなって、いつも思ってたの。道路の向こう側に貸し駐車場があってね、そこにうちの車が止めてあったの。藤田が帰ってくるとよくパパ、パパって飛び出していったのよ。そのたびに私いつもついていったんだけど、あの日はちょうど電話がかかってきてね、待ちなさいって言ったんだけど。そのあともの凄い音がして」
「男の子？」
「そう」
それからその子は救急車で病院に運ばれ、集中治療室で包帯をぐるぐる巻きにされ、大好きなオレンジジュースをちょっと口にして死んだ、と由美は言った。

話は予想外の方向に行ってしまった。由美に子どもがいたとは知らなかった。まして、事故死したなんて。

由美の話は続いた。事故の直前家にかかってきた電話は、男子学生からだった。当時由美は、心に病を抱えた学生たちのカウンセリングを引き受けていた。その学生の一人からの電話だった。

由美が就職した頃、心の病を抱えた学生はほんの一人か二人だったが、年を追うごとに増え続けた。にもかかわらず大学側は、カウンセラーを雇って相談体制を作ろうとはしなかった。自宅から通っている学生の場合には、親が気づき通院させたりしたが、地方から来て下宿している学生の場合、放置されることが多かった。結局そのうち、由美のような専門的な知識のある教員が手弁当で学生の相談に乗ることになった。相談者の数は年々増え続け、由美は授業以上にカウンセリングに忙殺されることになった。そういう事態の中で起きた事件だった。

由美に電話してきた学生は、ある日突然ピアノが弾けなくなった学生だった。ピアノが弾けなくなるというのは音大生にとって極めて重大な事件だった。

しかし、夫は由美をなじった。

「お前がそんなことを始めるからだ。授業だけにしておけばよかったのだ。そんな電話、いつだっていいじゃないか。お前が目を離すからだ。その学生と息子とどっちが大切なんだ」

由美は、夫の気持ちが痛いほどよく分かった。しかし、由美はきちんと問題を解決したかった。子どもの四十九日の法要が終わったあと、由美は大学当局に専任のカウンセラーを雇い入れるように要望した。教職員組合にも訴えた。目の前に病んでいる大学生がいて、自分はその専門性の故に手を差し伸べざるを得なかった。結局自分の専門性は利用され、結果としてオーバーワークになった。それがわが子の事故死につながったと由美は訴えた。

組合は由美の訴えを支持し、大学側に専任のカウンセラーの採用を要求した。由美は、夫も味方してくれるものと思っていた。ところが、そうではなかった。夫は由美がカウンセラー設置運動に関わること自体を嫌がった。そして、「この際、大学をやめろ、やめてまた出産しろ、そして子どもにつきっきりで面倒を見、二度と同じ過ちを繰り返すな」と言い放った。

カウンセラーのことからは一切手を引けというのが夫の言い分だった。由美は夫の言葉が信じられなかった。「あなたはそれでも心理学者ですか」という言葉が喉まで出かかった。それから夫との関係が冷えた。

その頃、偶然ガムランに出会ったのだった。

大学側が由美たちの要求を受けいれ、専任のカウンセラーを雇い入れたのはそれから三年後のことだった。その直後、由美は血を吐いて倒れた。胃潰瘍だった。その手術を昨年の秋にしたばかりだった。

由美の目に見たことのない憂いが漂っていた。そうか、ロビーで会ったとき何かが違うと思ったのは、この憂いのせいだったのか。

「胃の方はもう大丈夫なの？」

「うん。前より食べる量は減ったけど。もう何でも食べられるし、こうやってビールも飲めるから」

私がビールを注ぐと、由美は「ありがとう」と言って鼻をすすった。

「それでね私、なぜガムランに惹かれたのかなって考えたんだけど、私が子どもの頃聞いた獅子舞の曲に似ているのと分かったの。頑丈な男の人の上にね、獅子が乗って両手で舞うの。舞っているのは男の人よ。でもね、衣装を体に巻き付けるとね、腰のあたりの曲線が色っぽくてね、艶《つや》っぽい雌の獅子に見えるのよ。そのときの明るい華やかな、それでいてどこかもの悲しい獅子舞の曲。好きだったの。あれに似ているのよ」

「獅子舞か、僕は神田明神の獅子舞くらいしか見たことないな」

「あの獅子は山陰地方から来ていたんだと思うわ。私、図書館で調べたことがあるの。農家の人の出稼ぎだと思うわ、農閑期のね」

由美は、遠い日の獅子舞を思い出しているようだった。

「そう、でも、なんか、悪いこと聞いちゃったな」

「ううん。それでね、それから私、よくその演奏会に行ったの」

由美の口調が少し元気になった。

「老人ホームでの演奏会にまで行ったわ。そしたらあるとき顧問の先生が、この方は音楽の先生なんだけど、僕は来年定年で辞めるので僕の代わりにこの研究会の顧問をやりませんかっておっしゃったのよ。私、音楽は素人だし、そんなのできませんって言ったら、あなたのような熱心な方が一番なんです、専門がどうのということではないのですと言われたの。それで私、思い切って引き受けたのよ」

沈黙が続いた。気まずい沈黙ではなかった。由美はちょっと休憩したいようだったし、私は喉が渇いてビールを飲まずにいられなかった。三本目のビールを頼んだ。英語で、もっと冷たいのをくれと言った。

「ねえ」

「うん？」

「あなた、子どもは一人？」

「いや、下に娘が」

「いくつ？」

「中三」

ビールが来た。注ぎながら由美が言った。

「いいね、順調で」

「いや、そうでもないよ」

ビールはぬるかった。

何言っているんだ、お前だって結婚したら旦那の手引きで早々に有名音大に就職していったじゃないかと言おうとしたが、やめた。どう考えても由美の負ったダメージの方が大きかった。

そのかわり、バンドンで弱音を吐き続けた息子の姿が浮かんだ。あんなに子どもが疎《うと》ましいと思ったことはなかった。そのことを話したかったが、すぐには言葉が出なかった。しかし思い切って切り出してみた。

「順調じゃないよ」

「何が？」由美は少し驚いたようだった。

淡々と息子のことを話した。

「それ、輝君、あなたに甘えたかったんじゃないの。私、分かるわ。人は自分のそばにいる人に自分の気持ちを分かってもらいたいものなのよ。それを拒否されたときって、生きているのも嫌になるくらい寂しいものよ」

由美は、自分の孤独を語っているようだった。

「分かってあげなさいよ。分かってあげるふりでもいいからさ。それって最高のカウンセリングなのよ。…本当は彼は分かってるのよ、自分の進むべき道はもうこれしかないって。でもあるじゃない、ちょっと弱音を吐いて誰かに甘えて手こずらせてみたいっていう」

「そうかなあ」

「そうよ。あなただってしてきたことよ。忘れてるだけだわ」

あなただってしてきたことよ。忘れてるだけだわ―由美の声が胸に突き刺さった。

「やっぱり、順調なのよ。いいんじゃない、あなたらしくて。ああ、私も話聞いてもらってすっきりした。久しぶりよ、こんな幸せな気分」

それからもう少し飲んで私たちはバーを出た。すでに十二時を回って日が変わっていたが、少し外を歩いてみたいと由美が言ったのだ。「楽しいから、なんだか、じっとしてられないの」

ロビーを突き抜けて広い中庭に出た。星が出ていた。

「ねえ、腕組んでもいい？」

「いいよ」

「いやー、嬉しい」

そう言って由美ははしゃいだ。細い腕が私の体にからみついた。あの頃の、明るい由美が戻ってきたようだった。歩くと由美の乳房が二の腕にあたった。幸福だった。

私たちはあたかもずっと以前から恋人だったかのように歩いた。真夜中のプールで遊んでいる人の声が楽しそうに聞こえた。ライトに照らされた名も知らぬ赤い花から甘い香りが舞い降りてきた。

「明日、いや今日帰るの？」歩みを止めて由美が言った。

「ああ」

「また、会える？」

「もちろんだよ」

「なんてラッキーなんでしょう。こんなところであなたに会えたなんて」

「うん」

「ねえ、また私の料理食べに来ない？」

「いいね。食べたいね、是非」

「そう。じゃ、決まり。約束よ」

由美のヴィラの前に来た。

由美はバッグから部屋のカギを取り出すと小声で言った。

「ねえ」

「何」

「由美って言ってよ」

「由美」

「もう一度」

「ゆーみ」

「それ、好き」

「そう、ゆーみ」

「ありがとう」

由美はにっこりと微笑んだ。

「じゃ、お休みなさい」

「じゃ」

そうして私たちは、別れた。

東　京

帰国して一週間後、輝は真新しいトランクに荷物を詰め込んで、ラケットケースを背にインドネシアに旅立って行った。その少し前、妹の由香利が希望の高校に合格した。

四月になった。桜に代わって花みずきや藤の花が咲き始めたある日、由美から私の研究室に電話があった。待っていた電話だった。

「もしもし私、由美。ごめんねいきなり。電話番号調べたの。もう授業始まっているでしょ」

「ああ、ちょっと喉がつらくて」

私は長い春休みの間、大きな声を使うことがなかったので、ここのところの講義で声がかすれ気味だった。

「輝君はもう行ったの？」

「ああ。向こうで元気にやっていると思う」

「それはよかった。今、インドネシアはちょっと危なくなっているわね。私が帰ってくるときも、ジャカルタで飛行機に乗る前に学生デモに遭ったわ」

由美の言う通り、その頃インドネシアでは首都ジャカルタでデモや暴動が起きていた。大統領の長年にわたる一族支配に民衆の不満が爆発し始めていたのだ。

「ねえ、私の料理を食べる計画だけど、山形にキッチン付きの温泉旅館があるのよ」

由美は着実に計画を推し進めていたのだ。

「それはいい」私は同意した。

「そう？　いい？　じゃ、予約取るね。連休明けの金土はどう？」

「ちょっと待って」

私は手帳を見た。

「いいよ。あいてるよ。連休明けの金曜日」

由美はまた電話すると言って電話を切った。私は携帯の電話番号を教えた。由美とつながれる、うれしいという気持ちになっていた。


その夜、テレビはニュースの一番でインドネシア情勢を伝えていた。咲子に促されて私は息子に電話をかけた。息子の話によると、バンドンではまだ暴動は起きていなかった。しかしテレビでは連日のようにジャカルタの暴動を報じているという。その暴動は確かに半分は政治的なアピールだけれども、半分はそれに乗じたデパートの破壊であり商品の略奪であった。しかもその鉾先は、デパートから次第に金持ちの家に向けられているとのことだった。

「金持ちというのは、中国人か日本人のことを言うんだ。彼らはこれからヤバイね」そう息子はぶっきらぼうに言った。

「お前は日本人じゃないか」

「僕は家も車もない貧しい日本人だよ」

一週間後、地方都市でも暴動が起きたと大きく報じられた。今度は咲子が電話をかけた。電話に出たのはインドネシア人だったらしく、あとで咲子に聞いた話だと「チョットマッテ」とたどたどしい日本語で応答があり、しばらくして息子が出たという。息子はクラブの仲間と仲良くやっているらしかった。電話に出たのは、この前の対戦相手だったアルセロだった。アルセロが息子の家に遊びに来てテレビゲームをやっていると聞いて、私はほほえましく思った。なんだかんだと言っても二人ともまだ子どもなのだ。

翌日、由美から携帯に電話があった。

「輝君、大丈夫？」

私はそのとき研究室にいて、買ってきた朝刊を読んでいた。新聞は、「インドネシアの暴動、地方都市に広がる」という見出しで、暴動がスラバヤやソロでも起きたことを伝えていた。バンドンの文字はなかった。

迷う気持ちもあった。このまま暴動が広がり、由美と出かけたその日に息子の身に何かが起こりはしまいか。

しかし私の口からそんな言葉は出なかった。

「バンドンは大丈夫らしい。ちょうど今、新聞でその記事を読んでいたところなんだけど、バンドンという名は出てなかったからね」

「じゃあ、山形新幹線の切符取って送るけど、いい？」

由美はちょうど切符を取るところらしく、その前に心配して私に電話をしてきたのだった。

「いいよ。送って」

「じゃあ、大学の住所を教えて」

連休中、息子に何度か電話をしてバンドンの様子を探った。

「暴動なんかないよ」

電話からは、「サテー」、「タフー」と言う物売りの声がのどかに聞こえてきた。「サテー」は焼き鳥で「タフー」は豆腐である。

「デモもないのか?」

「北側には大学が二つあるからあったらしい。でもこっちはのどかなもんだよ」

息子の家もイ・シュワット・バドミントンクラブも南部にあった。

「練習はどうだ?」

「温泉に行ったよ」

「温泉?」

「山の中に温泉があって、そのプールで泳いだ」

「それ、練習?」

「そう、筋トレ」

私は安心した。デモは町の北部だし、山の中の温泉で練習していると言う。

まさか、そんなところまで暴動が及ぶことはあるまい。

連休明けのその日、由美は先に来ていた。新幹線の座席のテーブルにちょこんと赤い水筒を置いていた。まるで遠足に行く子どものようだった。

「何？　これ」私は聞いた。

「煎じ薬」

由美は口をへの字に曲げて泣き真似をした。顔色がよくない。

「痛いの？　お腹」

「うん」

私は戸惑いながら隣に座った。

「行けるの？　痛いんじゃや、無理しない方がいいんじゃないの」

由美は体を深く折り曲げた。その方が楽らしい。時計を見ると発車まで五分足らずだった。

「気持ち悪い」

苦しそうな声だった。

「ちょっと、待って。動けるか？　トイレまで連れて行くから」

由美は前の座席の上端につかまりフラフラと立ち上がった。私は由美の体を支え、トイレに誘導した。

やっとたどり着いたトイレはまだ発車前なのに二つともふさがっていた。「使用中」の赤い文字が恨めしかった。由美の顔が青ざめている。

「ちょっと出よう」

私は由美を抱きかかえるようにして外に出た。連休明けのせいか、ホームはそんなに混雑していなかった。柱の陰の目立たない場所に、由美をしゃがみ込ませた。その途端、由美は床に両手をついて茶色い液体を大量に吐いた。つーんと煎じ薬の臭いが鼻をついた。

「大丈夫か」

私は由美の背中をさすった。背中の肉が薄かった。由美は固く目を閉じ、気分の悪さに必死に耐えているようだった。何とか痛みを抑えて私と一緒に山形に行こうとしたのだ、こんなにも大量の薬を飲んで…。

しかし、これはもう旅行どころの話ではない。由美を病院へ運ぼう。そう決意した私は、由美にそのことを告げ、「荷物を取ってくる」と言い残して由美のもとを二、三歩離れた。

その時だった。背後から「痛ーい!」という大きな叫び声が聞こえた。振り向くと、由美が腹を押さえ、額を床にこすりつけている。

「痛い。痛いよー」

首か頭を踏みつけられたような鋭い声だった。吐いた液体がベージュのコットンパンツを濡らしている。

私は由美に飛びつき抱きかかえた。由美は眉間に深い縦じわを寄せて唸り続けている。顔が真っ青だ。なんということだ!

その時だった。目の前の新幹線が動いているのに気がついた。私たちが乗るはずだった山形新幹線が。

十メートルほど先に、車両を見送る駅員の後ろ姿が見えた。私は、叫んだ。

「すみません。急病人なんです。それと、その新幹線に荷物を置いたままです」

駅の医務室で由美は眠った。医者の打った痛み止めの注射が効いたのだ。由美が目覚めたのは、午後二時を少し回った頃だった。

「手術した病院はどこ？」

「飯田橋」

「午後もやってるの？」

「うん」

「そこに行くようにって医者の話だ。そこに行こう。荷物はね、山形駅で保管しておいてくれるって」

由美をタクシーで病院まで送った私は、すぐさま東京駅にとって返し山形新幹線に乗った。往復六時間。向こうで、荷物を返してもらうための手続きに三十分はかかるとしても、午後十時までには病院に戻ってこれるはずだ。

昼食をとろうと車内で弁当を買ったが、食欲がなかった。眉間に深い縦じわを寄せて唸り続ける由美の顔が何度も浮かんだ。

山形駅で荷物を受け取り、由美に言われたようにバッグの中のメモを見て温泉旅館をキャンセルした。

上りの新幹線に乗ったのは午後六時だった。座席に座ると車内の文字ニュースが目に入った。

「インドネシア情勢緊迫。日本政府は在留邦人に対して帰国勧告。民間機と自衛隊機を派遣の方針閣議決定」

勧告ということは命令ではないのだから、必ず帰れということではない。輝はどうするのだろう。もっと詳しい情報が欲しかった。

福島を過ぎたあたりで携帯電話が鳴った。咲子からだった。

「バンドンにいる日本大使館の人から電話があってね、輝が大変なの。バンドンのデパートに立て籠もっていると言うの」

「立て籠もっている？　輝が？　なんで輝が立て籠もるんだよ」

「それはよく分からないのよ。とにかくデパートを占拠した側にいるらしいのよ」

「暴動側についているということか？」

「そうらしいの。それは非常にまずいって大使館員は言うのよ。何らかの特殊事情でそうなったんだろうが、大使館としてはもはや責任が持てないって。で、輝は未成年だから保護者の方で帰国させて欲しいと言うのよ」

「大使館はそのために動いてくれないのか。政府は帰国用の専用機を出すと言っているじゃないか」

「全然人手が足りないらしいのよ。昨日電話で輝を説得したらしいの。でも輝は応じなかったと言うのよ」

「連れ戻すと言っても、もう何日も前からジャカルタ行きの飛行機は飛んでいないじゃないか」

「バリ行きが毎日飛んでるらしいのよ。バリから国内便でバンドンに入れるって」

「チケットは？」

「ガルーダ・インドネシア航空が救出組の人に優先的に発行するらしいの。明日の十一時の便、空港渡しだって。パパ、行ってくれる？　パパが行けないんじゃ私が行くわ」

「そこまで決まっているのか」

「そう、絶対に行って下さいって言われた。そうでないと命を保証しませんよって」

「何が保証だ。自分たちは投げ出しているくせに。わかった。今日中に帰る」

　東京駅からタクシーを飛ばして病院に着いたが、灯《あか》りの落ちた待合室に由美の姿はなかった。ナースステーションで尋ねると、担当看護婦が出てきて由美は緊急入院したと言う。若い看護婦だった。名札に水野と書いてあった。私は自分の名を名乗り、バッグと水筒を届けに来たと話した。彼女は由美から事情を聞いていたらしく、「どうぞ病室に。ちょうど熱を測るところでもありましたからご案内します」と言った。

私は最初ひょっとして藤田氏が来ているかもしれないと思ったが、看護婦の口ぶりからその心配はなさそうだった。

看護婦は軽く右足を引きずっていた。小児マヒの後遺症だろうか。看護婦の人生を思った。同時に由美の人生を思った。廊下の両側に、酸素ボンベや車椅子や医療用ワゴンが所狭しと並んでいた。それらをかき分けるようにして病室に着いた。個室だった。個室に入ると、それまでの消毒液と汚物の混じったような臭気が和らいだ。由美は点滴をしていた。心なしか花の匂いがした。しかし花はどこにもなかった。

私が荷物を差し出すと由美は「ありがとう」と言った。顔色が少しよくなっていた。

「どうなの?」私は聞いた。

「痛みはなくなったわ。…再検査だって。きっと悪くなったのよ」

「そんなことはないさ」

看護婦がそばにいたが、私は由美の手を握った。何分も握った。細い白い手だった。

私は看護婦に礼を言い、病室を後にした。

再び、バリ

翌日、私は一週間分の休講手続きをして、飛行機に乗った。夕方バリに着いたが、すぐにはバンドンに渡れず三日間バリのホテルで待たされた。

バンドン行きの国内便に乗ったのは四日目の午前だった。

バンドンまであとわずかというところで、私は猛烈な悪寒に襲われ、目の前で汚水がチャプチャプと揺れる機内のタンク式トイレに何度も吐いた。

スチュワーデスに支えられてバンドンの空港の土を踏んだところまでは覚えているが、後のことは記憶にない。

目を覚ましたら、病室だった。スンダ（西ジャワ）人特有の黄色味がかった黒い肌をした中学生のような若い看護婦が、日本語のできる体格のいい中年の医者を連れてきた。

「デング熱です。インドネシアの風土病です。今いったん熱が下がりましたが、また熱が出ます。このまま動かない方がいいです。でも、水分の補給はしましょう。脱水症になるといけない」

私は、輝のことを訴えたかったが、舌は熱のせいでマヒしてうまく回らず、字を書こうにも手もあげられなかった。結局私にできたのは、看護婦に助けられて水分を取り、シビンに小便をしたことだけのことだった。

医者の言葉通り、その夜からまた猛烈な熱に襲われ死線をさまよった。看護婦が時々寝巻きを取り替えてくれるのが分かった。ムッと自分の熱の臭いがした。私は「テリマカシ」とインドネシア語でお礼の言葉を言い、また眠った。

やがて熱が下がり、病室の外の様子も分かるようになった頃、私はその医者に初めてまとまった話をした。

医者は事情を理解し、イ・シュワットに連絡を取ってくれた。

すぐに、輝が五歳くらいの男の子を連れて現れた。

「父さん、暴動は終わったよ。大統領が退陣したんだ。父さんのお迎えは空振りだったね」

元気そうだった。

「この子は?」

「お手伝いさんの子。ジャブリン」

「チャップリンみたいな名だな。お前、何ともなかったのか」

「何ともないよ、この通り。それにね、父さんが来ても僕は帰らなかったよ。イ・シュワットに世界チャンピオンにしてもらうまではね」

若いやつの言葉は威勢がいい。

「お前は本当に暴動側にいたのか」

「いたよ。僕はそれが一番安全だと思った。僕は日焼けして真っ黒だし、裸足で生活しているし、手づかみで食べているし、ほとんどインドネシア人だからね、バドミントンの仲間と一緒の行動をしたんだ」

「よく無事だったな」

「結構楽しかったよ」

その夜、咲子に電話で事の顚末を話した。咲子は「無事でよかった、早く帰ってきて」を繰り返した。

まだフラフラする体を輝に支えられて、ジャカルタ行きの国内便に乗ったのは日本を出て七日目のことだった。ジャカルタの国内便空港から国際空港に向かう高速道路で、私は壮大な夕焼けを見た。何に打たれたのか、言葉にはならなかったが、とめどもなく涙がこぼれた。

翌朝、成田空港に着くと咲子と由香利が迎えに来ていた。土曜で二人とも学校が休みだった。飛行機の中で眠ったため、私自身は少し体力を回復したと思っていたが、顔色はすぐれないようで、二人とも口々に「パパ、やせた」と言った。

咲子がメモを渡してこう言った。

「おととい、あなたから電話があったあと、藤田さんという方から電話があったの。奥さんが亡くなられたと言うのよ。お通夜とお葬式の場所と時間がそこに書いてあるわ。お通夜は昨日でお葬式は今日なの。午後二時からよ」

「亡くなった？」

ハンマーか何かで頭を殴られたようだった。そんな馬鹿な、という言葉が喉まで出かかった。

「そう。ガン性腹膜炎とおっしゃっていたわ。そこにも書いておいたけど。それからね、藤田さんが、あなたにお伝え下さいって。ガラナをどうもありがとうございましたって。ねっ、ガラナってなあに。私、聞こうとしたんだけど、電話切れちゃったから」

由美が死んだ。そんな馬鹿な。そんな。バリから電話したときはあんなに元気だったのに…。

バリで足止めされた私は、由美の病院へ電話した。看護婦の水野さんに由美と話をさせて欲しいと頼んだ。水野さんはコードレスの電話に切り替え、由美のところへ運んでくれた。

「僕、バリにいるんだ」

「えっ、何故、どうして？」

由美は私の話の一部始終を面白そうに聞いた。

「輝君、頑張っているね。でも心配ね」

水野さんが様子を見に来たらしく、由美は電話の向こうで水野さんに「もうすぐ終わります」と告げて、突然私に「ガラナが飲みたい」と言いだした。

「私、まだ当分は何も食べられないの。でも、少しなら飲むことは出来るの。ガラナが飲みたい」

「ガラナってなあに？」

「でもいい。あなたバリだもの。無理だわ」

「大丈夫だよ、電話で手配するから。だからガラナって何か教えてよ」

「私が子どものころ飲んだ清涼飲料水。ルノアールっていう喫茶店にも置いてるわ」

「本当だとも」

「本当?」

「分かった。病院の住所を教えてよ」

電話を切った私は、馴染みの酒屋に電話をして問屋まで問い合わせてもらいガラナの手配をした。それが由美と話した最後だった。


「ガラナは飲み物だよ。僕が代表で送った」

「代表で」はとっさに思いついたせりふだった。

話を聞いていた由香利が、「ふーん」と言った。

「お葬式には行くの?」と咲子が聞いた。

「うん、行ってくる。同級生だったから。大学院の」

昼過ぎに私は家を出た。歩くと息が乱れた。

メモにあった新宿の葬儀場は、十二階建ての建物でホテルのような外観だった。由美の葬儀会場は七階だった。

エレベーターを降りると、同時に複数の葬儀があるらしく受付がいくつも並んでいた。「藤田家」の表示を探して、受付を済ませ、一番近い入り口のドアを開けた。すると音楽が聞こえてきた。一瞬、会場を間違えたのかと思い戻りかけたが、その調べに聞き覚えがあった。ガムランだった。

戸惑っている参列者が入り口を入ったところに群がっていた。私は人波をかき分けて祭壇が見える場所まで進み出た。由美の遺影が見えた。その前で、十五人ほどのM音楽大学の学生たちが黒を基調にした衣装に身を固め、静かにガムランを演奏をしていた。曲は、バリのホテルで聴いた「鎮魂の響き」だった。

由美が、星が降るような曲と言っていた曲だ。

「星が降るような曲でしょ。私ね、この曲と初めて出会ったとき、ああ元気になるなって思ったの。それからずっとファン」

藤田氏は遺影のそばの椅子に腰掛け、時々会場に目をやっていた。

やがて音楽が中断され、一人の若い女性がマイクの前に進み出て話を始めた。

「M音楽大学の民族音楽研究会の副顧問をしております助手の遠藤と申します。今日のこの葬儀についてご説明したいことがございます。藤田先生は、亡くなられる三日前に私を病室に呼ばれまして、今日のこのガムランの演奏を依頼されました。先生は民族音楽研究会の顧問で、こよなくガムランを愛されておりました。ガムランは古代よりインドネシアやマレーシアで発達した合奏音楽です。先生はこの世に生きていた証として、好きだったガムランを親しくしていただいた方々に是非お聞かせしたいとおっしゃいました。それで今日は、このような音楽葬になっているのでございます。今日のこの音楽葬を演出しているのは、今は亡き藤田由美先生でございます。演奏しておりますのは、M音楽大学民族音楽研究会の学生たちでございます…」

再び、「鎮魂の響き」の演奏が始まった。聴衆は演奏に聴き入った。仏式でもキリスト式でもないコンサートのようなお葬式だった。献花の段になった。参列者は一輪ずつ白い菊の花を手にとり祭壇へと進んだ。ゆっくりと私も進んだ。遺影が目前に迫った。

「あなたが好きだったのよ、もっと早く出会えたら良かったね」そう由美が語るようだった。参列者は、思い思いに手を合わせた。数珠を手にしている人もいた。賛美歌の一節を歌う人もいた。献花を終えたあとも私は、静かにガムランの流れる会場の片隅で由美の遺影を眺め続けた。

「ゆーみ」、そうつぶやきながら。

新宿の街に出た。初夏を思わせる五月の強い日差しの中を、私はよろよろと駅に向かって歩いた。デング熱の後遺症で体中の関節が痛かった。

駅前の交差点に、ルノアールと書かれた白い旗が風になびいていた。由美の声が蘇った。「ルノアールっていう喫茶店にも置いてるわ」

喫茶店は地下にあった。私は一段一段階段を下《お》り、やっとの思いで中に入った。客は半分ほどの入りで、一人きりの人が多かった。私は四人掛けのソファーに腰を下ろし、息を整えた。「鎮魂の響き」がまだ頭のどこかで鳴っていた。

間もなく、背の高い男の店員が水とメニューを持ってきた。メニューを目で追った。あった、「ガラナ」。

「ガラナ、下さい」

「お待たせしました」

テーブルの上に氷の入ったグラスとガラナが置かれた。そこに由美がいるような気がした。

瓶のラベルに「アマゾン産のガラナの実からできている」と書いてある。注ぐと、サイダーのように泡立った。が、すぐに泡は消え、グラスには薄茶色をした半透明の液体が残った。

ゆっくり飲んでみた。ジュッと炭酸の刺激が口中に広がった。が、すぐにそれはおさまり、あとにはたとえようのない味覚が残った。コーラに少し似ている。しかし、もう少し淡くマイルドな甘さだ。

おいしい。

自動ドアが開いて、ジーンズ姿の若い男性が入ってきた。一人で座っていたTシャツ姿の女性が、手を振ってここよと合図をしている。男性も手を挙げ、微笑みながら近寄り向かいの席に座った。何でもない昼下がりの店内風景だった。

私はガラナを飲み干し、喫茶店を出た。

（終）

モウジャ

フナ釣り

背後から祖父の声がした。

「麦わら帽子、持ったか」

「あとや。ミミズ捕りが先や」

裏の竹藪に飛び込んだ優《ゆう》は、腐りかけた生ゴミを払いのけ、土とゴミとが程良く混じりあった部分にいつもより力を込めてシャベルを立てた。シャベルは、ぐさっと根元まで突き刺さり、ヌルッというたくあんのぬか床のような感触が手に伝わってきた。同時にツーンという強烈な臭気が鼻を突いた。シャベルを握った手に力を入れ、えいっと土をひっくり返すと、毛糸玉のように丸く群がったミミズが現れた。

ミミズは嫌いだった。しかし、今日こそフナを釣るのだと思うと平気だった。

竹藪を出ると、強烈な真夏の日差しに一瞬目がくらんだが、徐々に白茶ける視界の中で、風呂場の煙突をとらえた。昨年、台風で吹っ飛んでしまった風呂場。新築したので母屋と色がまったく違う。完成するまでの約一ヶ月間、隣家にもらい風呂をした。

両腕の産毛に身を隠すようにして血を吸っている藪蚊が目に入ってきた。優はそれらを勢いよくパシッパシッと叩いた。

玄関から、暗い六畳間の柱時計をのぞき込むように見ると、ちょうど八時になるところだった。

またどこからともなく背の高い祖父がヌーッと現れた。

「暑うなるから、かぶってかなあかん」

釣り竿やバケツなどで両手のふさがった優に、祖父は麦わら帽子をかぶせた。

「どこに行くんや」頭の真上から祖父のしわがれた声がした。

「きしべや」

「きしべでも深いとこへ行ったらあかん、モウジャが出るよって」

「モウジャってなんや」

「怖いもんや、川底に引きずり込む」

「そんなもん、おるか。迷信や」

「モウジャがいるという祖父の脅しは今に始まったことではなかった。二人は掛け合い漫才のようなせりふを繰り返した。

優は祖父を無視して歩き始めた。

「深いとこへ行ったらあかん」

祖父の声が遠く聞こえた。

まず、げーやんの家の前を通る。もらい風呂をした家だ。げーやんは、優より二学年上の五年生だった。優より二十センチくらい背が高く、名前を茂といった。「しげやん」と呼んでいるうちに、いつの間にか「げーやん」になってしまった。

もらい風呂をしたときは、いつも一緒に風呂に入った。風呂に入ると、げーやんは「見とれ」と言って性器の包皮を剥きにかかった。しかし包皮は反転せず、げーやんは「まだ剝けへん」としぼんだ。そして、優にも包皮を剝かせた。

当然、優のも剝けず、二人は半剝けの性器を持て余すだけだった。

げーやんは今日は不在である。大工をしている父親の手伝いで朝早くから出かけたのだ。庭先には、真っ赤な葉鶏頭が咲いていた。

げーやんは釣りがうまく、釣ったフナの大きいのだけを金《かな》だらいの中に飼っていた。

おとといのことである。

「どや、おっきいやろ」薄紫色の風呂敷を顔に巻いたげーやんは自慢そうに言った。月光仮面になっているらしかった。フナは四尾いて、どれも三十センチ近くあり、大きな金だらいの中を悠々と泳いでいた。

「うん。おっきい」優は息を呑んだ。

上から見ると、まるで黒い潜水艦のようだった。

「かっこええやろ」

「きしべで釣ったの？」

「違うんや。うっふっふっふっ」

げーやんは月光仮面の笑い方をして、両手で二丁拳銃を作った。

「教えたろか。ほな手を挙げろ」

優は、素直に両手を挙げた。

「石橋の下や。ばきゅーん、ばきゅーん、ばきゅーん」

卑怯だ。手を挙げたのに撃つなんて。げーやんは、完全に月光仮面になり切っていた。撃たれたふりをしてうめくように優は聞いた。

「石橋って、虫送りの？」

「そや」

虫送りというのは、たいまつを焚いて虫が稲に付かないことを祈る村の行事で、毎年七月に行われた。虫送りは優にとって、ドキドキする行事だった。

夜のとばりがおりた頃、村の中心付近の道路で「カネドンチャンチャン」と鐘や太鼓が打ちならされる。実際にはもっと複雑な音がしたのだが、優の耳にはいつも「カネドンチャンチャン」と聞こえた。鐘を叩いているのは、げーやんのおじいさんの利平次さんだった。利平次さんは、真夏になると、越中ふんどし一丁に背中むしろ一枚といういでたちで野良に出る。その姿はまるで原始人のようで、正面に対すると優は足がすくんだ。

やがて大きなたいまつに次々と火がつけられ、あたり一面が赤く怪しく照らし出されると、そこにはいつもとはまったく違う村の風景が浮かび上がった。鐘を叩いている利平次さんの顔は赤く波打ち、まるで赤鬼のようだった。たいまつに火がつけられるたびにあげられる「よーさー」という大人たちの歓声。自分の体の倍ほどのたいまつを抱えている子供たち。その虫送りのたいまつ行列の終点が、石橋だった。村人（子供も含めて）はそこで、田んぼを練り歩くうちにすっかり短くなってしまったたいまつを川に投げ入れた。火という火はすべて消え、代わりに夜空の月と星が浮かび上がり、蛍の光が目を刺した。この月と星と蛍の明かりを頼りに村人は家路につくのだった。

フナのいる金だらいは家の中にしまってあるらしくて見えなかった。いつも金だらいの置いてある場所を見知らぬ猫がうろうろしていた。あんな大きなフナでなくてもいいから、フナが釣りたいと優はあらためて思った。

水狂い

優たちがいつも釣りをするのは、夏休みの水泳場のすぐ上流にある通称きしべという場所だった。きしべは、深いところで三十センチくらいで、仮に釣り針が根がかりしても川の中に入ってはずせるような安全な場所だった。石橋は、それより二百メートルほど更に上流の、草に隠れた小さな水路が何本も合流しているところで、水深は深いところでは二メートル近くあった。祖父には、絶対に一人では行ってはいけないと言われている。

優は、モウジャではないが、それに匹敵するくらい怖いものには出くわしたことがある。去年の夏のことだった。小学校からの帰り道に道草をして川べりを歩いていたら、下流から髪をぼさぼさにした見るからに恐ろしい人相の人が近づいてきた。七月というのに厚い生地のぼろぼろの赤い着物をまとっている。遠くからは腰のところに刀を差しているようにも見えた。優の頭に「水狂い」という言葉が浮かんだ。げーやんによると、この世にはいろいろな狂い者がいるが、女しかならないものに水狂いというのがある。それは、水の事故でわが子を亡くした女がひたすら川などの水辺をさまよい続ける狂い者のことで、水辺で遊んでいる子供を見ると、嫉妬心から次々と水の中にその子供を沈めるというのだった。優が「大人には手を出さへんの?」と聞くと、げーやんは「大人には体を投げ出すんや」と言ってにやりと笑った。「体を投げ出す」というのはどういうことなのか優はさっぱりわからなかったが、恐ろしくて更に質問をする気になれなかった。

近づいてくる水狂いらしき人に対して、優はとにかく知らないふりをするという作戦をとった。

見逃して！　の一念だった。川底の魚をのぞき込んでいるふりをしてひたすら川面を見つめ続けた。しかし体中のありとあらゆる神経は後ろに近づいてくる人物に注がれ、生きた心地がしなかった。

ササッという、着物の裾に草が当たる音がした。それとともに、「はーはー、すーすー」という荒い息づかいが聞こえて来た。優は目の前の川に飛び込んでしまいたい衝動に駆られた。その時だ。背後から声がした。低い声で「と…き…だ」と言っている。「はい」と返事をすべきかどうか、迷った。呼ばれたら返事をすること、という担任の牧先生の金切り声が聞こえてくるような気がした。しばらくして、また「と・き・だ」と声がした。続けて「ゆ・う」と言っている。女の人の声だった。優は意を決して振り返った。その女《ひと》は、体育着の入った優の手提げ袋を見つめ、そこに書かれた名前を読んでいたのだ。赤い着物は所々白い綿がはみ出し、腰には荒縄が巻きつけてあった。はだけた胸からどきっとするほど白い乳房がはみ出ていて、わずかにピンク色の乳首がのぞいていた。ぼさぼさ髪の下の顔は墨を塗ったように黒く汚れていた。刀に見えたのは、子供用のそろばんだった。女はそろばんを腰の荒縄に差していた。そろばんには白い字で名前が書いてあったが、なんと書いてあるのか読めなかった。

優が恐る恐る「あのう」と言うと、女は優の顔を見つめにっこりと笑った。優が金縛りにあったようになっていると、やがて女は歩き出した。裸足だった。女の後ろ姿が遠ざかった。優は、一目散に駆けだした。

このことをげーやんに報告したら、げーやんは「そいつは色狂いやろ」と言った。「色狂い」とは何なのか、優は聞きたかったが、げーやんの関心は「優はその女の裸を見たのか」にあった。ちょっと乳が見えただけやと言っても聞かなかった。「乳はおっきかったか」とか「あそこの毛は見えへんだんか」とか、あたかも優がサーカス小屋の怪しげなショーにでも行ったかのような質問を浴びせかけてきた。げーやんは「ああ、立つ」と言って腰をかがめていたが、優はげーやんが何を考えているのかさっぱりわからなかった。

母に言うと「その人は可哀相な人や。子供を亡くしはったんや」と言い、父は「そっとしとかないかん」と言い添えた。祖父は、「女のモウジャや。近寄ったら食われる」と言った。

優はあの女《ひと》は案外いい人なのかも知れないと思った。第一、僕に危害を加えていないし、顔は汚かったけど笑顔は優しかった。本当に子供を亡くして辛いだけなのかもしれない、そう思った。それですっかり心の落ち着いた優は、祖父の言っていることはでたらめに違いないと思うようになった。

石橋

げーやんの家をあとにした優は、足早に田んぼ道へ下りていった。太陽はすっかり昇り、じりじりと肩に照りつけた。麦わら帽子がなければ、髪の毛に火がつくような暑さだ。石橋に行くには、きしべまで行って、そこから背の高い葦の茂る川べりをいったん離れ、田んぼ道に出て、大回りする形でたいまつ行列の道を上流に向かって二百メートルほど歩かねばならなかった。ゴム草履を履いた優は急ぐあまり時々小石を踏みつけた。そのたびに「あいたた、あいたた」と言ったが、顔はほころび、心はウキウキしていた。釣るぞ、フナを！そういう気分が勝っていた。

石橋が葦越しに見えてきた。石橋には、幅二メートル、長さ四メートルほどの小さな石橋が架かっている。げーやんの言葉がよみがえった。

「橋の上から釣り上げたんや」

オイカワやモロコはもうよかった。たくさん釣った。オイカワやモロコは弱く、家に持ち帰って飼っても、すぐに死んだ。しかし、フナは強い。優はフナが釣りたかった。

石橋の上から川を見下ろすと、水の量は多すぎず少なすぎずちょうどよく、流れの速さもゆったりで絶好のコンディションだった。

まず、橋の上に仁王立ちになり小便をすることにした。げーやんの真似だった。思いっきり包皮を剥いて飛ばせるだけ飛ばした。半剥けの性器から透明なおしっこが川面に飛んだ。風が吹くとおしっこがもどってきてひどい目に遭うことがあるが、風はほとんどなくおしっこは虹のような弧を描いて飛んだ。

次に、川面に下りられる、十メートルほど下流まで行き、バケツに水を入れた。そして、おもむろに釣り糸を垂れた。「ウッシッシッシ」と言葉が漏れた。と、すぐにウキが動いた。さっとしゃくると、大きなオイカワがかかった。オイカワは簡単に釣れる。しかし、オイカワはすぐに死んでしまう。一応、バケツに入れて、ミミズを付け直した。

また当たりがあった。相当な手応えでドキドキした。フナかと思ったが、引き上げてみると大きなアカバエ（カワムツ）だった。がっかりした。アカバエはもっと早く死んでしまう。優は、アカバエを川に逃がした。

遠くを汽車の走る音がした。汽車が走り去った方向に優たちの水泳場がある。優は、昨日水泳場で牧先生に会えてうれしかったことを思い出す。先生は、夏休みの水泳の巡回に来たのだった。

先生は、独身の若い女の先生だった。先生は白い日傘をさして、二、三人の当番の親たちと一緒にむしろの上に座って子供たちの様子を見ていた。優は一刻も早く先生のそばに行きたかったが、友達はみな川遊びに夢中で、先生が来たことに気づいていないようだったので行きそびれていた。その先生が立ち上がって、日傘をたたんで腕時計を見ている。自転車で別の巡回地に行くのだ。よそ行きの服を着た母親の一人が、「先生が行かれるんな」と声をあげた。それで何人かの低学年の女の子が先生に駆け寄った。優もここぞとばかりその子たちに続いた。先生は駆け寄ってきた女の子たちに「きれいな水着ね」、「唇、青いから、甲羅干ししなさい」などと声をかけたあと、後ろに立っている優に向かって、「優君、元気にしとる?」と声をかけた。

「泳いだの?」

「うん、泳いだ」

「勉強もしとるよね」

「うん、毎日しとる」

「そう、おりこうね。がんばりなさいね」

優にとって、こうして先生に会えて激励してもらえることはこの上ない喜びだった。なぜなら優は、先生のおかげでこの一学期になんとか人並みに学校生活の送れる子に変身できたからなのだ。それまでの優は、忘れ物は多い、遅刻はする、宿題はしてこないとさんざんだった。それが今や上り調子という感じなのである。

「ああ、さぶ」

先生が去ったあと、唇を青くしたげーやんが優に近寄ってきた。

げーやんは、甲羅干しにかかった。

「優、お前、牧先生な、もうすぐ結婚するの、知っとるか」

「知っとるよ、お母ちゃんに聞いた」

「結婚したら何するんか、お前、知っとるか」

「何って、何や」

「おめこするんや。あー、考えたらちんぼ立ってきた、痛ー」

そう言ってげーやんは、急所を押さえながら仰向けに寝た。そして、突然海水パンツを下ろした。

「ほれ」

屹立した性器の突端が半剝けになっていた。冷えたせいか、割れた先端が白くなっている。

「このましょんべんしたろ」突然げーやんはそう言うと、そのまま手を添えて思いっきり放尿した。げーやんはぶるぶるとふるえ、尿は揺れながら青い空に向かって飛び、げーやんの体に落下した。女の子達のキャーッという声が聞こえた。

優は、思い直したように再び石橋の上から釣り糸を垂れた。水狂いも相手がげーやんだったら暴れるかもしれないと思った。今度はウキの高さを変えた。橋の下の石垣の脇の、水がどんよりと淀んでいる部分をねらった。黒い潜水艦のようなげーやんのフナを思い出した。負けるものか、僕だってあれくらいのものを釣ってやる。

橋の下の石垣近くの淀んだ部分に着水したウキは、川の流れの影響を免れて同じ場所にたたずんだ。ウキは優のほぼ真下にあり、ゆっくりと小さな円を描くように回っている。ひょっとして少し根がかりしているのかもしれなかったが、こんな所に根がかりの原因になるものが潜んでいるとは思えなかった。

どこからか塩辛《シオカラ》トンボが飛んできて、川面に斜めに突き刺さっている古い竹のてっぺんに止まった。また、汽車がボーッという音をあげて通過した。

汽車の音で今朝のことを思いだした。今朝、父は母とともに汽車に乗って遠くの町の病院へ検査の結果を聞きに行っている。結果が悪ければ、入院ということもあり得ると朝食時に父は話していた。

そんなことを思い出しているうちに、ウキがどこかに消えてしまった。あわてて引き上げるとミミズがなくなっていた。

怪物

餌を付け替え、竿を再び同じポイントに入れた。今度はもっと石垣の近くに着水した。

しばらくして、ウキが垂直に沈んだ。あわてて竿を上げると、がつんという当たりがあった。あまりに強く、まるで何か大きな岩にでも針が引っかかったような感じだった。川底の流れに餌が流され、針が石垣に引っかかったかと優は思った。あわてることはない。フナ釣り用の太いテグスがつけてある。糸はそう簡単には切れるはずがない。優はもう一度引っ張った。やはりがつんという抵抗があった。それは今まで経験したことのない感覚だった。魚ではないかもしれない。例えば、カメとか…。

途端にカメの話を思い出した。場所はとんぼりという池だった。直径十メートルほどの小さな池で、優も何度か行ったことがある。しかし、水が濁っていてちょっと薄気味悪い感じの所だったので、一人で行ったことはなかった。モウジャがいるとしたら、それはこんな所ではないかと思われた。そこでげーやんはカメを釣った。最初げーやんは、完全に根がかりしたと思ったと言う。まったく動かなかったからである。角度を変えて竿をあおってみたり、竿を下ろして手で慎重にテグスを引っ張ってみたりしたが、やはりぴくとも動かなかった。そこでやけっぱちな気持ちで、エイッとばかりに竿を強くたくし上げたら、なんとポーンとカメが上がってきたと言うのである。

「それでどうしたの」と優が聞くと、げーやんは「どうしようもあらへんわ、カメは針を飲みこんどるし、噛んだら離さんからの。ナイフでテグス切って逃がしたったわ」と答えた。「どれくらいの大きさやった」と聞くと、げーやんは両手で直径三十センチほどの楕円を作って見せた。「おっきい」優はひたすら驚いた。

カメだったらと思うと優は不安になった。カメが上がってきたらどうしよう。

ヘビを釣って腰を抜かしそうになったと言ったのは父だった。しかし、それはヘビを釣ったのではなく、竿の上げ際にヘビが勝手に針に引っかかってきたのだった。

優は、角度を変えて大きく竿を振り上げてみた。すると、ブルブルッという魚独特の手応えがあった。しかも、相当大物だ。「フナだ」優は急に色めき立った。

優は、腰を入れて大物を釣り上げるための構えを作った。そして、行くぞ！と自分に気合いを入れて、渾身の力を振り絞って竿を振り上げた。その瞬間、獲物は水底をサッと動き、竿の先端があっという間に橋の下に飲み込まれた。その反動で優は、竿の先であごをしたたかに打った。

「痛！」

危うく竿を放すところだった。が、優はあきらめなかった。竿をしっかりと持ち直した。同時に本能的にあごに手をやった。出血していた。白いランニングシャツで血を拭った。橋の下をのぞき込むと、獲物に引っぱられてゆらゆらと揺れるウキの先端が水中にわずかに見えた。獲物はその先にいる。獲物の姿を見ようとしたが、獲物は流れの下に深く潜り込んでいてよく見えなかった。

優は、腕に力を入れて徐々に引き寄せた。汗が吹き出た。裏の竹林の竹で作った手製の竿が、これ以上は持たないというくらいにしなった。「おなご竹は折れへんで」と言うげーやんの言葉が脳裏をよぎった。竹には二種類あり、大きくて節くれ立っているのがおとこ竹で、スマートで柔らかなのがおなご竹だった。げーやんは「剝けとる竹がええ」とわけの分からないことを言っておとこ竹の竿を使っていたが、優は体が小さいので、祖父に二メートルほどのおなご竹を見繕ってもらい釣り竿にしていた。

優の力に押され獲物が優の真下まで来た。黒い背中が見えた。とてつもなく大きい。怪物のようだ。優は怖くなった。こんなとてつもなく大きなものでなくても。そんな気持ちに一瞬なった。だが、ここまで来たら引き返せない。ええい、と優は思いっきり竿をしゃくり上げた。竿は折れるのではというくらいしなり、獲物は水面まで上がってきた。大きな頭が見えた。一気に引っ張り上げると獲物は水面を突き破り、青空を飛んでどさっと大きな音を立てて石橋の上に落ちた。優は獲物に目を凝らした。

死闘

釣ったことのない魚だった。鯉のようにひげが生えていた。しかし、形は鯉ではなかった。

図鑑で見たことがあった。なまずだ。体長三十センチくらいのなまずを釣ったのだ。テグスを持って、なまずを目の前にぶら下げてみた。重い。見ると、なまずは針を完全に飲み込んでいた。

どうしようか――。

胸の動悸がおさまらなかった。このままなまずをバケツに入れて家に持ち帰ろうか。父がびっくりするに違いない。そして、料理しようと言うに違いない。

父は料理が上手だった。一番のワザは、ウナギをおろすことだった。優の村の近くに、田吾池という大きな池があり、三年に一度池干しをすることになっていた。池干しにはたくさんの人が集まった。中には、町から車で駆けつける人もいた。人が出れば店も出る。綿アメや焼きそばが売られ、お祭り騒ぎになった。優は、ウナギかきの道具を持った祖父についていった。祖父は、ウナギを七匹捕った。優は、手づかみでウナギ捕りに挑戦した。鯉は比較的容易につかめたが、ウナギはなかなかつかめなかった。捕らえてもヌルヌルしているので、つるりと逃げられてしまう。何度も、つかんでは逃げられ、つかんでは逃げられした。そしてとうとう優は、ウナギを捕ることができなかった。家に帰る途中、優は祖父に聞いた。

「このウナギどうすんの？」

「お父ちゃんにまかせておけばええ」

父は、単身赴任で家にいなかった。父は県北の聾唖学校に勤務していた。

「お父ちゃん、おらへんよ」

「大丈夫や、今度帰ってくるときまで水の中でドロ吐かせておくよって、お父ちゃん帰ってきたら、さばいてもろたらええ」

それから数日して父が帰ってきた。父は、ウナギを見て、「蒲焼きにしよう」と言い、井戸の横の外流しでウナギをさばき始めた。優は五歳年下の弟と一緒に父の手さばきを見ていた。父は、ウナギを一匹まな板にのせると、ウナギの目のあたりに勢いよくキリを立て、あごの下あたりからしっぽに向かってするっと包丁をすべらせた。ウナギの白い身が現れ、ひとかたまりの赤い内臓が露わになった。その中にウナギの心臓があり、見るとトクトクと動いていた。父は、包丁の先でその心臓をえぐり取ると、優たちに「口を開けて」と言った。優と弟は、ツバメの子のように口を開けた。そして、水と一緒にウナギの心臓をぐいっと飲み込んだ。「これはすごい滋養になる」と父は言った。

父は、ウナギのときのようにさばくだろう。しかも「なまずはおいしい」と誰か村の人が言っていたような気がする。しかしそうすると、今日の釣りはもうおしまいになってしまう。優は釣り針の予備など持っていなかった。

それとも、なまずが飲み込んだ針をなんとか取り出して、釣りを続けようか。まだ時間もたっぷりあるし、もっと遊びたい。第一まだ、フナを釣っていない。

あらためてなまずを見た。なまずは、針を完全に飲み込んでいる。これはもう胃の入り口近くまで達しているかもしれない。げーやんがよくやる、細い木を口の中にねじ込んで針を取り出す方法を思い出した。それをやると、魚は死んでしまう。

優は考えに考えた。ヌルヌルした手を洗い、ランニングシャツで拭いた。ふと顔を上げると、遠くに豆粒ほどの黄色い自動車が見えた。その形に見覚えがあった。あれは、名古屋方面からやってくる即席カレーの宣伝車に違いない。その車は優の村にやってきては、即席カレーの宣伝をして帰っていった。その際、ボリュームをいっぱいに上げて歌を流すのである。「あーあー、オリエンタルの即席カレー、エキゾチックなその香り、オリエンタルの香るカレー、香るカレーの夢の味」優たちはその歌をすぐに覚えた。

優は急にカレーが食べたくなった。しかし今はそれどころではない。優はあたりを見渡した。先ほどバケツで水をすくったところに、廃材が何本も落ちていた。

三十センチほどの細い木の棒を手にした優は、バケツからなまずをつかみだした。表面がヌルヌルして気持ち悪い。それに妙に生臭い。えらぶたの下をつかんで、なまずの口にグッと木の棒を差し込んだ。その途端、なまずは暴れ優の手から飛び出した。

なまずのえらぶたは、鋭い刃物のようになっている。優は手に負えないと見て、ゴム草履で踏みつけた。なまずはなおも暴れようとしたが、優は「ううーっ」とうなりながら更に強く踏みつけた。するとなまずは静かになった。目は半開きのままである。優はしゃがみ込んで、再び口から棒をさし込んだ。そしてぐるぐるとかき回し、針を棒に引っかけようとした。しかし、針はいっこうに引っかかる気配はなかった。なまずは口から血を流した。

やがてなまずは動かなくなった。気がつくと、木の棒はなまずの体の奥深く入っていた。優は、血だらけの棒を引き抜いた。そして、なまずから足を離した。なまずは目を閉じていた。死んだのかもしれない。

針取りに失敗した優は極度に落胆した。そして次第に体中から言いようのない怒りがこみ上げてくるのを覚えた。

「お前が釣れるからやんか」

なまずに向かってそう叫んでいた。

何でオレの楽しい釣りの邪魔をするんや。おかげでオレの釣りは滅茶苦茶や。フナを釣るはずが、お前に苦しんでいる。いい加減にしてくれや。死んだんか、お前。何とか言わんか。あほ。なまずのあほ。

トンボが空を悠々と飛んでいる。その姿を見ながら、優は上を向いてすすり泣いた。すすり泣いているうちに、鼻のあたりが涼しくなって頭の中で考えがまとまってきた。

「返してもらお。オレの大事な針、返してもらお。お前なんかいらん。その代わり、針返してもらお」

それは固い決意だった。優は橋のたもとに積まれたいくつかの石のうち、大根洗いに使うたわしほどの大きさの、先のとがった石を手にした。そして、何かにとりつかれたように石を高く振り上げ、なまずにドシッと一撃を加えた。その瞬間、なまずはバタッと飛び跳ねた。思っても見なかった衝撃に驚いたという感じだった。優も驚いた。なまずはまだしっかりと生きていたのだ。優は石を握り直すと、先ほどよりも高く石を振り上げて第二撃を加えようとした。そのときだ。

「殺したらいかん。生き物を殺したらいかん」

祖父の声がした。優はぎょっとして、あたりを見渡した。虫送りの道を見た。反対の方角も見渡した。誰もいない。

祖父がここに来るわけがない。きしべに行っていると思っているはずだ。優は石を置き、麦わら帽子を背中に落として、視界を広げた。そして、もう一度背伸びをするようにして周囲を見渡した。波のような濃淡のコントラストを作っている青緑色の稲田が、夏の日差しを浴びてキラキラと光り輝いているだけだった。なまずはまだ動いていた。

本当のモウジャ

これはもう、本気で叩き潰すしかない。優は、もっと大きな石を探した。そして大根漬けの重石にするような大きな石を抱きかかえた。ところが、石が重過ぎた。これは無理だと、もとの石に持ちかえ高く振り上げると、一、二の三で振り下ろした。なまずは更に飛び跳ね、そのまま川に飛び込もうとした。しかし、優はあわてなかった。ロープに逃れようとするブラッシーをリングの中央に連れ戻す力道山のように、テグスを引っ張ってなまずを石橋の中央に引き戻した。そして、行くぞっと気合いを入れて渾身の一撃を食らわした。今度は見事に胴体に命中した。赤い血が噴き出し、白い身が露呈した。しかし急所ではなかったので、なまずは更に暴れた。優はちょっとあわてた。こいつは普通じゃない、ブラッシーより強い、そう思った。

次から次へと優は狂ったように石を振り下ろした。半分は命中し、半分ははずれたが、次第になまずはぼろぼろになり、絶命した。


優は、へたり込んでいた。手もシャツも血だらけで、半ズボンは土まみれである。片づけなくては。片づけなくては楽しい釣りが再開できない。優は、見るも無惨な姿になってしまったなまずを川に放り投げた。なまずの身はぷかっと浮いて川の流れにのりかかったが、一メートルも行かないうちに水中に沈んだ。

バケツの中のオイカワは、白い腹を見せて死んでいた。そのオイカワも捨て、バケツに手をいれて、両手をこすり合わせてなまずのぬめりを取った。

血のついた石を元の場所に戻し、背中の麦わら帽子をかぶりなおした。髪の毛が焼け石のように熱くなっていた。石橋の血のついた部分に足で砂土をかけ、なまずから取り戻した針に新しいミミズをつけた。手についたなまずの臭いが気になるので、竿を置いて付近の草で手を拭った。

いつの間にか、「オリエンタルカレーの歌」が流れていた。「エキゾチックなその香り、オリエンタルの香るカレー、香るカレーの夢の味、あーあー、オリエンタルの即席カレー」宣伝車は今、どこの村にいるのだろう。

その宣伝車に冷や飯を持っていくと、フリルの付いたエプロンをつけた女の人が温かなカレーをたっぷりとかけてくれた。それをいつも優たちは、倒れた大きな杉の木に並んで腰掛けて食べた。げーやんは優の倍ほどの大きさの皿にてんこ盛りの冷や飯を持ってきて、ズボンのベルトが切れるくらい食べた。食べ終わるとげーやんはみんなの前に立ち、大人たちの真似をして腹を三回叩き「精がついたの、今夜はおかやんが喜ぶで」と言って腰を前後に振ってみんなを笑わせた。優はよく意味が飲み込めなかったが、笑わないと取り残されるような気がしたのでみんなと一緒に大声を上げて笑った。そしてその後、決まって杉鉄砲を作ったり釘さしをしたりして過ごした。そんな楽しい日々が遠く感じられた。

なんだか体が重かったが、優は釣りを再開した。「フナを釣らなくては」その気持ちはまだ萎えていなかった。

結局フナは釣れず、優は家路についた。

家に着くと、一層体は重くなった。祖父が「熱があるのう。日射病になったのと違うか」と言って優に富山の頓服を飲ませ、寝かせた。

優が目覚めると、父と母の声が聞こえた。その話を聞いていると、どうも父は明日から精密検査のために入院ということになったらしい。母がふすまを開けて「何か食べるか」と聞いた。優はカレーが食べたかったという気持ちを思い出したが、口の中は熱っぽく食欲はまったくなかった。

「食べたない」

「ほな、またあとでな」

「うん」

「優、そや、あのな、今日病院に行ったらな。茂君とお母さんにおうたよ。茂君な、おちんちんの皮を無理にひん剝いてな、もどらんようになってしもて紫色に腫れたんやて。あんたも真似したらいかんよ。あんなことは無理にすることではないんよ」

「うん」

げーやんの性器が脳裏に浮かんだ。やっぱりやったか。いつかはやると思っていたが。でも、早過ぎたのだ。げーやんの腫れた性器を想像してみた。

「それで、げーやん、どうなったの」

「大丈夫やて。ちゃんと元通りになったって」


しばらくして、ふすまが開いて刻み煙草の匂いがした。祖父だ。祖父は湯飲み茶碗を手にしていた。優の枕元に座ると、「大師様の水や」と優の額に水をつけてお経を唱え始めた。「なむだいしへんじょうこんごう、なむだいしへんじょうこんごう」

「じいちゃん」

「なんや」

「きょう、どこにおったんや」

「裏の畑や」

「ふーん」

「何でや」

「何でもない」

祖父はいつもこうやって優の悪いところを治してくれる。

「じいちゃん、モウジャってほんとにおるんか」

「おるさ。怖いもんや。近寄ったらいかん」

「目に見えるんか」

「さあのう」

今日、優が釣り上げたのはなまずの形をしていたが、モウジャかもしれない。

なぜなら僕は、こんなに病気だ。カレーも食べる気にならない。食欲もない。

明日、げーやんと遊べるかどうかもわからない。牧先生ともまた会えるだろうか。水狂いのときはなんともなかったのに…。

「じいちゃん、喉かわいた」

「これ、飲み」

そう言って祖父は優の頭を持ち上げ、湯飲み茶碗の残った水を飲ませた。水は線香の匂いがした。

祖父は優の頭を撫でながら、「なむだいしへんじょうこんごう、なむだいしへんじょうこんごう」と唱えてはしゅるしゅると唾を飲み込み、「なむだいしへんじょうこんごう、なむだいしへんじょうこんごう」と唱えてはしゅるしゅると唾を飲み込んだ。

やがて大きな手が止まった。

「もう、熱ない。じっき直る」

祖父がきっぱりと言った。

優は安心した。今日は大変な一日でそのことをもっと祖父に話したかったが、次第に襲ってくる睡魔に負け、優は深い眠りに落ちた。

（終）

著者プロフィール
海輪 有（かいわ ゆう）
三重県生まれ。
数年前、シナリオ作家協会のシナリオ講座で、ライターたちの語る熱い言葉に接したのが小説を書くきっかけとなった。毎週通った東京山手YMCAの白い建物が懐かしい。

ガムラン

2002年4月15日　初版第1刷発行

著　者　海輪 有
発行者　瓜谷 綱延
発行所　株式会社文芸社
〒160-0022　東京都新宿区新宿1-10-1
電話 03-5369-3060（編集）
03-5369-2299（販売）
振替 00190-8-728265

印刷所　株式会社 フクイン

ISBN4-8355-3623-1 C0093